只因单身在一起

The
Single
Ville

[韩] 崔允娇 著

金美玲 译

广西科学技术出版社

著作权合同登记号：桂图登字：20-2015-054号

싱글빌 (The Single Ville)
Copyright 2013 © By 최윤교, 崔允娇
ALL rights reserved
Simplified Chinese copyright © 201x by Guangxi Science &Technology Publishing House Ltd.
Simplified Chinese language edition arranged with Dasan Books Co., Ltd.
through Eric Yang Agency Inc.

图书在版编目（CIP）数据

只因单身在一起 ／（韩）崔允娇著；金美玲译.—南宁：广西科学技术出版社，2015.6
　ISBN 978-7-5551-0382-0

Ⅰ．①只…Ⅱ.①崔…②金…Ⅲ.①长篇小说-韩国-现代 Ⅳ.①I312.645

中国版本图书馆CIP数据核字（2015）第044821号

ZHI YIN DANSHEN ZAI YIQI
只因单身在一起

作　　者：[韩]崔允娇（최윤교）		责任审读：张桂宜	
责任编辑：孟　辰　刘　默　张　琦		特约编辑：孙淑慧	
版权编辑：周　琳		封面插图：viv1姑娘	
封面设计：@broussaille私制		版式设计：@broussaille私制	
责任印制：陆　弟		责任校对：曾高兴　田　芳	

出 版 人：韦鸿学　　　　　　　　　　　　出版发行：广西科学技术出版社
社　　址：广西南宁市东葛路66号　　　　邮政编码：530022
电　　话：010-53202557（北京）　　　　0771-5845660（南宁）
传　　真：010-53202554（北京）　　　　0771-5878485（南宁）
网　　址：http://www.ygxm.cn　　　　　在线阅读：http://www.ygxm.cn

经　　销：全国各地新华书店
印　　刷：北京盛源印刷有限公司
地　　址：北京市通州区漷县镇后地村村北工业区　　邮政编码：101109
开　　本：787mm×1092mm　1/32
字　　数：156千字　　　　　　　　　　　　印　　张：11.75
版　　次：2015年6月第1版　　　　　　　　印　　次：2015年6月第1次印刷
书　　号：ISBN 978-7-5551-0382-0
定　　价：39.80元

目录

童话，梦幻了人生，唐突了爱情

失业、失恋、失婚，接连夺去了贤雅的生活动力，整日裏在被窝里埋葬青春。那时，程润的童话救了她。然而，时隔多年，昔日的童话却如噩梦一般改写了她崭新的生活，程润根本不是她幻想的那般美好……

一

从零开始，遇见单身之家

既然已经被彻底抛弃，那就从零开始。贤雅决定，到一个没有任何人认识自己的地方，从头到脚来个一百八十度的蜕变。单身之家，就是她遇见未来的新世界。

我代替未来的他，疼爱自己

"我相信，在地球的某一处一定会有真心爱我这个笨蛋的人。可是，世界太大，命运太远，也许我一辈子都遇不到他。可是没关系，真要是那样的话，我就代替他……好好地爱自己。"贤雅这样对润成说。

—

爱情来了，别赖账

有时候，人会不由自主地哭起来。就像现在的润成，看见流星划过夜空的时候，他的眼泪也流了下来。他觉得诧异。并不悲伤，也没有发火，更没有滴人工眼泪，眼角怎么会湿了呢？难道，他恋爱了吗？

—

如果还有爱，不爱多浪费

小颖是单身没错，但她并不拒绝爱情。在这举步维艰的人生中如果连恋爱的慰藉都没有的话，那岂不是很悲催么？小颖享受着别人带给她的爱情和献身，但仅此而已。爱情，很美好，但是"认真"让她害怕……

两个人的孤单，比寂寞更冷

盛民醉于酒，美仁醉于绝望，故意放纵一般，这两个人走到了一起，却各有打算。美仁拿出体检报告书。以痛苦应对痛苦，以恐惧应对恐惧，这就是人类脆弱的心理。确认了这一点，犹豫瞬间烧光。

—

后知后觉，我爱你

模糊不清的感情会在过了一段时间后就变得明了清晰。爱情尤其是这样。几个不起眼的偶然会被命名为惊天动地的命运安排，这都是在爱情结了果之后。

—

凶手必在我们之中

大家怎么也没想到，这个和爱情绝缘的地方，有天会和破案扯上关系。
像是接受审判一般，有人害怕，有人愤怒，有人五味杂陈……

"看来是真心想结束这段感情啊。"建宇的声音颤抖着。小
颖没有去看他。"结束了。我都说过多少次了。"
"那挺好。"喉结还在颤抖着，建宇却嘿嘿一笑。

—

最近正赫家接连发生各种事故：掉落的信箱、倒扣的花盆以
及留在篱笆上的红色字母 X。润成看着眼前敏雅的古怪行为，
似乎一切都有了答案。

—

转身，贤雅泪如雨下。终于结束了。当她想到和这个男人再
不会有任何交集，无法抑制的悲伤像洪水般朝贤雅的全身袭
来。世界轰然坍塌。遇到一个人，陷入爱河，分享着彼此，
共建一个世界，然而现在却是废墟一片。

坚定地站着，那么一旦那个人回过头来，那个瞬间就会变成命运的时机。

372....... 尾声

引 子

　　单身之家由六栋单人住宅和一栋中央休闲区建筑构成。秀丽的桦树林如屏风般环绕四周，营造着如童话小镇般清幽静雅的氛围。所有的建筑均由原木砌成，落地窗与壁炉更是为其平添了几分韵致。每栋建筑的冷暖房系统、百叶窗和配电设施均与入住者的移动设备自动相连，因此在室外也可以轻易操控。

　　他不紧不慢地环顾着四周，走向了中央休闲区。虽然早在十分钟前就听到了召集入住者到休息区集合的广播，但他并没有急着出门。与陌生人相聚一堂总是令他不耐烦、不舒服。尽量晚点到，悄无声息地占个位子并像隐形人一样沉寂于角落，这是他原本的设想。不料，当他打开休闲区的大门，所有人都一齐扭过头来看向了他。哎，早知道提前出来好了。在众目睽睽之下他不禁后悔。然而这世上哪里有后悔药呢。

单身之家没有对外进行大肆宣传，只是低调地在独身俱乐部和上流社会派对中接收了申请。即便如此，竞争率也高达1000比1。通过对经济能力、社会地位、人品德行的综合考察，筛选出了能够适应这种独立的共同生活的居民。郑美仁，这位单身之家的创始人如此解释道：

"我们这类人不管再有钱、再从容，到社会上也很容易被嘲讽，说我们是什么独居老人云云。我创建单身之家的初衷就是想给这些人以颜色看看。希望我们能通过适当的社交摆脱孤独，并在各自独立的生活空间里尽情享受平和。"

氛围宛若温馨舒适的露营场。原木的墙面上纹路清晰可见，上面挂着几幅流行艺术画的复制品。切·格瓦拉和玛丽莲·梦露的肖像随着多彩的霓虹灯闪烁着。在慷慨陈词的美仁背后挂着一张硕大的茶巾，在欧洲复古风的麻布上印着如下的粗体书法字：

Come over Here, all you who are weary and burdened, and I will give you rest. This is Single Ville, aka a land flowing with milk and honey.

　　读罢，他嗤之以鼻。"凡劳苦担重担的人可以到我这里来，我使你们得以安息。这里是单身之家，流淌奶与蜜之地。"这里巧妙地将《马太福音》第11章中的耶稣之语和在《出埃及记》中耶和华对犹太人所揭示的对流淌着牛奶与蜂蜜新世界的约定糅合在一起。他把目光投向了美仁。难道这就是格调高雅的富家千金的幽默感？结束了对单身生活的礼赞后，美仁开始了对共同生活守则的介绍。

　　每周一次于休闲区举行的社区例会必须无条件参加。也不准缺席维护单身之家的一系列活动，如为园子除草、为篱笆上漆等事务。听到这里，他笑意全无。说好听了是换工互

助 ❶，说难听了这不就是独裁统治么？他把差点脱口而出的话
憋回了肚子里。要是投资一天左右的时间能换来对余下六天
自由的保障，貌似也不是什么赔本的买卖。其实，更让他心
神不宁的，是坐在他身旁的那个女人。

　　有种不祥的征兆。蓦然间，与她有种似曾相识的感觉。
如果真是这样那就麻烦了。该女子在美仁的介绍期间一直在
抽泣，并不时大声地擤着鼻涕。瞧她那不分时间地点放纵情
感流露的样子，加上蕾丝开衫和碎花裙的搭配，真是不可救药。
他干脆背过身子，扫了扫其他的入住者。

　　打扮得华丽精干的美男子和四十来岁蓬头垢面的中年男
子坐在一起。后者也不知几日未修边幅了，胡子拉碴，哈欠
连天，不时还掏掏耳朵，一副很不耐烦的样子。帅气精干的
美男子一直在拿着手机乐此不疲地收发信息。

　　在他们后面，一个约莫二十五六岁、颇显稚嫩的青年男

---

❶　在农村实行的一种自愿互利原则下的劳动互助方式。一般由几户或几十户参加，在土地、
　　牲畜等生产资料和收获的农产品均属私有的基础上，实行共同劳动、分散经营。——译者
　　注（以下如无特殊说明，皆为译者注）

子在四处张望。当视线落在了他的邻座女人身上，青年男子注视了片刻，露出了疑惑的神色。当他和青年男子四目相对时，后者立马把头扭了过去。

"麻烦一下……"女人抽泣着开了口。她似乎没有意识到他在刻意回避自己，还拿手指戳了戳他。他打算回避到底，假装打瞌睡地闭上了眼睛。然而女人却用不弄醒他不罢休的架势执着地戳着他的肩膀。

"麻烦一下，您有面巾纸借我一点吗？我的用光了。"

无奈，他回过头去，眼前的景象令他瞠目结舌。在女人的身旁被眼泪打湿的面巾纸已然堆成了一座小山。天啊……这是亡国了，还是丧父母了？引起如此庞大的水分排泄的理由要么是因为花儿开得太绚烂，要么就是对入住单身之家感激不尽，顶多如此，他想道。

"没有。"他尽可能冷淡地低声应了一嘴，别过头去，以淋漓尽致地表达"别来烦我"的意志。然而女人又戳了戳他的肩膀，反问道："啊，您说什么？"

　　烦死了，就知道这种女人一定会反问，而且是以一副受伤的神情。他稍稍提了提嗓子，用更清晰的声音回答道：

　　"我说没有。还有，能不能适可而止，怎么说也是在开会。"

　　女人对他的反应着实吃了一惊，开始辩白似的啰嗦了起来：

　　"不好意思，我刚刚看了点东西，太伤感了。我怎么也控制不了，眼泪不由得流出来。不好意思，都怪我不好……"

　　说着，她不停地用手掌擦拭着眼泪。不经意间，一屋子人的视线都集中在了她的身上。女人甚至站了起来，向大家鞠躬道歉。当他企图扭头摆脱这个场景时，美仁却会心一笑。

　　"既然都站起来了，那请三号入住者介绍一下自己吧。"

　　这又是哪门子的蝴蝶效应，凭什么要因为这种缺心眼的女人连累大家做自我介绍呢。那个中年男子看来正好和他的想法不谋而合，替他说出了心声：

　　"又不是小学生开学典礼，用得着来这么矫情的一套吗。"

　　"这里是单身之家，虽然在这儿生活的都是单身人士，但这也是一个共同体，是我对理想的共同体的一种试验。如果对运营方式不满意的话可以随时退宿，不过入住时上交的定金是不予以退还的，这条您还记得吧？五号入住者高盛民先生。"

美仁的语气温柔而又决绝。果然是屡见报端的富家千金该有的气场。据说她今年已经是知天命的岁数了，但那白净的皮肤和精练的举止让她看起来比实际年龄小十岁有余。高盛民皱了皱鼻子，双手环抱胸前。

一直在看人眼色的女人忸怩地开始了自我介绍：

"大家好。我叫任小颖，今年三十五岁，从事室内装潢工作，刚刚搬到三号公寓。请多多关照。"

"怎么可能。"

不知从哪里传出了呢喃般微弱的声音，即刻又没了动静。大家面面相觑，想确认这个声音的主人，却都不得而知。

他也同样吃了一惊。任小颖……15年来从未提起，却像火印般刻在他心底的那个名字。他再次仔细打量了这个叫任小颖的女人。初次见面其举止就令人匪夷所思，且有着一个完全不相符的名字。居然还是三号。那就是入住二号的他的邻居呀。只能想尽办法避开她了，别无他法。

那个与他四目相对后慌忙挪开视线的青年男子叫做郑健宇。住四号公寓，25岁，预备役。说只要有空就去做义工。偶尔出于爱好也当试衣模特。说得倒是委婉，其实说白了，就是无业游民。这种人是怎么住进单身之家的呢？有点蹊跷。不光是郑健宇，在他看来，个个都有点异常。筛选了半天挑出来的独身者居然都是这个样子，难道在别人眼中的他也沦落到了这种地步吗？想到这里，他觉得好像起了一身的鸡皮疙瘩。

住在五号的中年男子高盛民说是经营个人事业，但到最后也没说出自己具体在做什么业务。都怪我太痴情，被老婆离婚了，他一边念叨着这种荒唐的理由一边油头滑脑地笑着，那样子绝对是下班后给下属灌炸弹酒还不忘说教的老套上司的典型。说是 42 岁，但看起来足足老个四五岁。

　　打扮得华丽精干的美男子是住在把边的六号别墅的李正赫。32 岁，和他同龄 [1]，造型师。那仿佛刚从时尚杂志里跳出来的样子看来不是没有原因的。俗话说长成什么样，便会玩成什么样，他想象着往后的日子里这家伙会引来的嘈杂和混乱，无法掩藏心中的不快。然而出乎他意料的是，正赫在自己的结束语中说道，会竭尽全力遵守单身之家的各项条款，并希望能够长期住在这里。

　　该他了。他简短生硬地介绍自己是一名写杂文的作家。大家依然看着他，期待着更多信息，但他就此打住了。他能感觉到那个说自己叫高盛民的男子在格外仔细地观察他。一直嬉皮笑脸的男子的眼光刹那间变得犀利有神，令他不禁把视线转向了高盛民。然而后者即刻改变了神情，继续呵呵地笑着。他疑惑地歪了一下头，坐回了自己的位置。

　　当所有人都作完自我介绍后，美仁心满意足地说道：

---

[1]　属原作者笔误，按故事情节，男主角应该是 35 岁。

　　"诸位，再次欢迎。希望大家尽情享受期盼已久的单身生活。为此，还有一个需要大家协助的最后一个守则，非常重要，希望大家注意听。高盛民先生！"

　　刚刚还在低声打呼噜的盛民张开大嘴打了个哈欠。

　　"我这都听着呢，再那么呼唤下去我可要动心了，郑美仁女士。"

　　美仁把盛民的俏皮话当作耳边风，继续道：

　　"单身之家的居民是绝对禁止谈恋爱的。如被发现，即刻勒令退宿。"

　　爱——所有矛盾的始发点、不和的根源、不幸的种子、冒失的源泉。禁止恋爱，他认为这着实是英明的规定。就因为这一条，他甚至觉得可以原谅之前所有不可理喻的守则。

　　恋爱，这是件让人烦、让人累的事。不管是自己的，还是别人的。

　　那种情感好似拂晓之时弥漫在湖边的雾霭，悄无声息地迷惑着人的视野。爱，即错位的自恋的终点。

在这种盲目情感的驱使下把自己交给他人，并为他人的情感献上自己的生命和灵魂，这不仅是愚蠢的，更是暴力的。我爱你，所以请你也爱我吧，这种呐喊不过是毫无根据、消磨精力的耍赖罢了。

不如独自生活，严于律己，这才是利他的行为。也许过了几个世纪后，人们便会意识到这些选择独身生活的前辈对整个人类的发展做出了多么大的贡献，并要悼念他们。对此，他深信不疑。

Chapter One ······· 童话，梦幻了人生，唐突了爱情

一

失业、失恋、失婚，
接连夺去了贤雅的生活动力，
整日裏在被窝里埋葬青春。

那时，程润的童话救了她。

然而，
时隔多年，
昔日的童话，却如噩梦一般改写了她崭新的生活……

程润根本不是她幻想的那般美好……

一

张明福小心翼翼地捋着他所剩无几的发丝，啜饮第二杯已经凉透了的咖啡。只有五张桌子的小咖啡厅里满是温馨可爱的小摆设。唯一与这明丽的空间格格不入的，就是张明福自己了。

明福小口呷着咖啡，等待着贤雅的到来。他左思右想，琢磨自己到底做错了什么。他张明福这是犯了何等滔天大罪，落到在这种不搭调的地方屈辱地等一个初出茅庐的插画家。追根溯源，起因只能是那个人。韩国童话界的领军人物——程润。但凡一出刊就能稳坐畅销榜，能做到这点的作家实在不多。他是养活明福出版社的铁饭碗。是吹毛求疵、性情乖戾的韩国安徒生。连出版社职员以及和他合作的插画家都没有见过他本人，更别提在大众面前露脸了。

第二杯咖啡又见了底，明福的耐心也达到了极限。管他程不程润的，他决定一旦进来一个能融入这个空间的顾客，他就立马拍屁股走人。入口处的小铃叮当一响。明福即刻起了身。

"主编先生！"

上来一把攥住他双手的那个人原来是贤雅。明福稀里糊涂地和她握了握手，随即又坐了下来。

"太抱歉了，准备出门准备得有点久了。"

这姑娘果然是有备而来的。无论是妆容还是发型，整个人让他觉得眼前一亮。贤雅脱下外套，把里子冲外，规整地搭到了旁边的椅子上。身着一袭连衣裙的她仿佛是来赴约相亲的窈窕淑女。

"这可是姜作家住的小区，而且我记得我出发的时候给你打过电话。"

"不瞒您说，这人啊，一郁闷就会变得萎靡不振。明明能看见时钟上的分针秒针滴滴答答地走着，却怎么都起不来。另一方面，又死也不想让主编觉得我一看就是被拒婚被抛弃的女人，所以只能强打精神起来精心打扮了一下，您就原谅我这一次吧，好不好？"

贤雅嫣然一笑，娇嗔地说道。

"别笑了。真让人反感。"

"我要是哭，您就更不能忍了。"

贤雅再次莞尔一笑，脸颊上酒窝深陷。多可爱的女子啊，问题出在哪里呢……为了按捺住多余的好奇心，明福马上转移了话题。

"能工作吗？"

"当然了，我需要工作。对付失恋的痛苦，工作是最佳良方。是哪位作家的作品？原稿都出来了吗？"

"姜作家，你可是行大运了。程润作家说非你不可。"

听到程润二字，贤雅立刻面如土色。

"我不干，给我派别的活吧。"

"你说什么呢，程润那就是畅销的保障。能把大人小孩一网打尽的童话作家，除了程润，韩国再也找不出第二个了。上次那本的版税你不也捞了好一笔吗？姜作家和他合作过，也知道程润这人有多挑剔。中途被他辞退的插画家怎么也有一打了，但他这次点明要和你再度合作。我可记得，你第一次听说接了程润作品的时候可是喊了三声万岁的。"

"我说了我不接那混蛋东西的活！"

贤雅粗暴的反应不仅令明福觉得诧异，也吓到了正在煮咖啡的店老板，他瞪大了眼睛望向这边。

"我知道你上次合作得很辛苦，但是至于这么讨厌吗？"

"要不是那个狗屁作家，我也不会这么悲催地被人甩。全都怪那个混蛋！"

贤雅用她握紧的小拳头敲着桌子，勃然大怒。明福的直觉告诉他，来日会有诸多不顺。一旦做出了决定，程润是丝毫不会动摇的，一想到自己要因为年纪轻轻的插画家而忍受来自程润的各种煎熬，明福不禁哑然。

———

世事不可能十全十美，踏入社会后，贤雅也碰到了若干败类。能让她坚持下来的，是那些在这群混球的对立面，用自己的善良来维持平衡的人。但是遇到那个混蛋后，贤雅便坚信这个世界正在向恶的一面倾斜。

"啊啊啊！猪狗不如的混蛋作家！"

那天，在婚纱照开拍的前一刻，贤雅也是这样在洗手间大声嘶喊的。她的鼻子顶在镜子上，双目通红，布满血丝，上眼皮在不停地跳。三宿没睡，彻夜赶工，结果脸也肿了，右脸颊上还冒了一颗大痘。贤雅仿佛要挤破眼中的血丝般恶狠狠地盯着那颗痘痘。

一手拿着一个折成两半的棉签，贤雅犹豫不决。万一贸然挤破了痘痘，变得更加不堪入目怎么办。人家都是提前三个月又做按摩又调经络的，说拍婚纱时要比办婚礼那天更美，说照一次可要流传百年的，而她却在拍照当天的一大早为这种问题而头疼，贤雅火冒三丈，全都怪程润那个混蛋。贤雅气急败坏地用冷水洗了脸，对那个让她沦落到如此地步、素未谋面的程润作家的诅咒，像溅起的水花般充斥在她的脑海里。

那段时间诸事不顺、一事无成。没想到却从天上掉下了馅饼。得知自己要为程润的童话作画，贤雅高兴得不亦乐乎。因为太开心以致因为超速被贴了两次条，罚了两次款，还连声对警察说"对不起，因为幸福过头了"。当她被逐出电影界，任凭自己在被窝里发霉的时候，给了她一线曙光的正是程润的童话。

她并没有诸如要在韩国电影界创造前无古人的 mise-en-scne❶ 的宏伟抱负。她只是想为甜腻腻的爱情片打造出浪漫温馨的场景。然而在浪漫的背后却隐藏着无形的凄绝，排山倒海般的工作和谩骂令贤雅晕头转向。

那是一段如在夹缝中生存的杂草般的日子，时时被消耗被磨损。在家常便饭似的流鼻血和晕厥中，贤雅还在死撑着。本该赞赏她的努力，并让他人奉为楷模的部长却撂下了这样

---

❶ 法语，电影场面调度。

一席话："你就跟肿瘤一样，把你一切除，我们美术部就完美了。就是这个意思。"

手术即刻完成。贤雅告别了一个世界。不，是被放逐。

贤雅想在仅剩的世界里沉沦到底，于是把自己关在了家里。这时候，她遇到了家里随手放着的一本童话书。就是有那样一些东西。一直隐匿在身边，但在最需要它的时刻却奇迹般出现在你的眼前。那就是程润的童话。用简洁易懂的文字写下的独眼怪物的故事。没有交到任何朋友的怪物在和村里人大摆筵席后又只身回到了自己孤独的家。这个结局尤为让她中意。

他的世界孤独而美丽，黑暗而炫目。他懂得人人都藏有的孤独与恐惧，还有那渴望高贵的希求。"这绝对是我的知音！"贤雅一跃而起，系紧了鞋带。

好，我也要勾勒出属于我的世界。

贤雅就这样走上了插画家之路。虽然由于销声匿迹而不曾谋面，但程润可以被称为是彻底改变了她人生轨迹的引路人。因此当她得知竟然接到了他的童话，那喜悦自然是不言而喻。然而，原是自己的偶像、导师和梦想的人居然是个猪狗不如的混账，这让贤雅唏嘘不已。与其这样，倒不如没有交集，那还能保持对他一如既往的憧憬。这就好比发现暗恋多时的生物老师原来是个变态一样令人恼火。

最终还是弄破了，手上不由自主地用了力。熟透了的痘痘，既然破了，那只能挤了。

时机……它总是静候可乘之机并给人当头一棒。在意识到危机时，已经为时已晚。只能诅咒自己后知后觉的愚蠢并继续埋头前进。刚接到程润的插画时，贤雅乐得不能自已，然而着手工作后才发现，这条路是一个地狱般的深渊。而此时她已经陷到了膝盖那里，无法抽离。

贤雅取出新的棉签，把它折成了两半。深呼吸，屏住气。手在不停地颤抖，眼睛也变形了。为了一个破痘痘居然如此紧张，真是令人哭笑不得。当贤雅手中的棉签慢慢地随着脸颊靠近痘痘的时候——

汪，汪，汪!

狗作家发来的信息响了。当程润要求贤雅把已经通过的原稿全部从头开始重画的时候，贤雅把他的信息铃声设置成了狗叫。直到程润说 OK 为止，贤雅不知画了多少次的试稿。与其再次反复这个过程，不如自己踏步走向地狱。

汪，汪，汪!

桌上的笔记本一直在叫。如果没人应答，他会一直叫的，但贤雅无暇顾及。马上就要拍婚纱照了，当前最大的问题是痘痘。

贤雅再次握紧了棉签。曾几何时也想象过程润的样子。在合作之前他在她心目中是细腻、柔和的诗人形象。但现在她敢肯定，这人一定有一张黝黑的脸、纽扣洞一样的眼睛、向前凸出的前额以及油光四射的大光头，又胖又矬，脖子短粗。程润在贤雅心中是罗威纳犬的样子。一旦咬定就死也不会松口的狗东西。

Chapter Two · · · · · · · · · 从零开始，遇见单身之家

—

既然已经被彻底抛弃，
那就从零开始。

贤雅决定，
到一个没有任何人认识自己的地方，
从头到脚来个一百八十度的蜕变。

单身之家，
就是她遇见未来的新世界。

—

　　"这里什么都没有啊？任小颖小姐，到底是不是这边啊？"

　　姓方的司机从许久前就皱着眉头，在方向盘上方伸长了下巴，巡视着前方。在离市中心这么近的地方居然有这么一片地，对开了数十年货车的他都是生疏的。行驶在没有尽头的桦树林中的搬家货车？这着实是令人奇怪的一幅景象。更何况客户所说的"单身之家"根本搜不到商户名称，也搜不到电话。把地址点开，就显示是在一片树林中央。

　　一路颠簸的不仅是货车。客户任小颖小姐把头靠在窗边，一路昏睡不醒。

　　"任小颖小姐，喂，大嫂，醒醒吧。"

　　不管怎么叫，女人都没有抬头。每当她的头撞到窗户上，女人都会有规律地呻吟一下，然后继续昏睡着。客户在睡梦中低着头发出了诡异的声音。这个根本不像有人住的树林，以及反复叫她名字也没有反应的、昏睡着说呓语的女人令方司机顿觉毛骨悚然。

方司机觉得荒唐至极。装了一货车的行李驶向桦树林的这个女子到底是什么人？方司机再次把这个叫任小颖的女人叫醒，大声地问：

"任小颖小姐，咱们走得对不对啊？"

"啊？哦……应该对的吧。"

勉强抬头的女人擦了擦嘴角边的口水，露出了天真烂漫的笑容，方司机再次毛骨悚然。他不禁怀疑到，这个叫单身之家的地方会不会是精神病院呢。

———

山脊一片雪白，好似有人把用筛子筛好的白糖轻轻撒在了秃枝凋零的树上，仿佛风一吹，就会随风四处飞扬。小颖对着车窗吹了一口气，显然触及不到那美丽的远方。热气在玻璃上留下了圆痕，又立马消散。

"小颖，你爹要死了！"

被骗了整整 30 年，妈妈仍然对老爸那句"我要死了"毫无免疫。

"妈，你还不了解我爸吗？他说要死了，肯定死不了。我已经没钱了。不是说了吗，三个月前给的那些就是全部了。"

这是换号以后的第一次通话。小颖知道，"对妈妈还是要好一点"这个想法有多么地危险。二十岁以来她和父母的联络只是通过账户。踏入社会后，小颖拼命地干活。虽然想远离父母，但总是没有办法摆脱"对妈妈还是要好一点"的这个魔咒。虽然好几次想过要一刀两断，但每次都不自觉地心中隐隐作痛。爸爸总是通过妈妈来理直气壮地向她要钱。养这么大了对爸妈尽孝是理所应当的，否则我一死了之。在他的以死相逼下妈妈总是会哭着打来电话。

"小颖啊。"

"目前手头真的很紧。跟他说差不多一个月以后吧。"

"你爹真的要死了，说是直肠癌。这可咋办啊，我可咋办才好啊。"

　　于是小颖上了高速大巴。爸爸在蔚山的大学医院住院。她把本用来中期结算的钱打了过去，随后动身去了全州。要找一份能拿到现钱的工作。每次去陌生的地方工作，她总会绷紧了神经。小颖打算就这样把自己的精力消耗殆尽。在家人的问题面前她能做的向来只有折腾自己。

　　爸爸是打苦工的，闲日子比干活的日子要多。生在穷苦人家，打小没学到什么东西，爸爸总是醉醺醺地哀叹自己的身世。即使这样，他也不想送小颖上学。无知是爸爸的免罪符，没让女儿挨饿这件事就是他的勋章，虽说去借米的向来都是妈妈。

　　总是面壁而卧、浑身散发酒气的爸爸对这些全是知晓的，只是睁一只眼闭一只眼罢了，小颖一直这样认为。这样的爸爸，现在得了不治之症。这样的丈夫，妈妈也想救活。

　　大巴飞驰在高速公路上，窗外掠过一马平川的田野。小颖的头倚着靠背，闭上了眼睛。一旦到达，就要开始日以继夜地拼命。想歇一会儿，哪怕一小会儿。兜里的手机响了，又是妈妈怎么办，小颖心如乱麻，还好，是个陌生的号码。

"喂，您好。"

"是任小颖女士吗？"

"是我。什么事？"

"恭喜您，您被选中入住单身之家。"

"什么？"

"就是您上个月申请的单身之家。"

"哦，是吗。"

她这才想起来，这还是分手之前小不点推荐给她的，说是国内首家为独身人士开辟的居住空间。人们不是说得想办法保住拿在手里早晚都会被抢走的钱吗。只有六个名额，她没想到自己真的能中。小颖的人生中少有幸运的光顾，不论是父母运、财运，哪怕是中奖运。随机的飞来横财并不是适用于小颖的词汇，因此大部分东西她都是通过自己的努力来争取的。这个被选中的消息令小颖一时发蒙，她陷入了沉思。

和给她介绍此地的小不点已经分手了，账户已经空空如
也，离首尔也是越来越远。想得到的东西总是在最不能得到
的时候到来。放弃了日益深陷的爱情，放弃了计划已久的休息，
小颖在这个突然而至的幸运面前不知所措。

"喂喂，任小颖女士，能听见吗？"

感到腰部发紧。干咳了两声后，小颖开了口：

"能。请问什么时候入住？"

——

贤雅失误了好几次，每次卡车司机叫她"任小颖小姐"
的时候她总是慢一拍才应答。想要在今后一段时间里以"任
小颖"这个名字生活，就应该把神经绷紧，但是生来第一次
尝试的伪装并不是那么容易维持。

小颖来电话的时候她刚和敏雅大吵了一架。"你要是想

这样，还不如滚回美国！"贤雅对敏雅大喊。"别歇斯底里了！"敏雅拿起贤雅的画具，向门外扔了出去。从小败者总是贤雅。敏雅比她小了整整六岁，但她还是赢不过妹妹。贤雅喊一声，敏雅就会大吵大闹，贤雅推一下，敏雅就会握着拳头扑上来。

五年前，随着父母的离婚，姐妹也分道扬镳。平日里那么讨厌的妹妹却格外地令人想念。然而，当敏雅为了帮姐姐准备婚礼而回国后，不到两天的时间手足之情便丧失殆尽。贤雅在婚前把全租房退了，租了一个小一居。由于空间窄小，两个人更是怒目相对。当贤雅的婚事生变后，敏雅竟然在受伤的姐姐身旁津津有味地啃着猪蹄，说什么撑死的鬼也比饿死的鬼好看。在贤雅宣布独身后，最冷嘲热讽的也是她。

那天也是。贤雅在抽屉里发现了那条手链，那个差点要变成老公的人送给她的手链，她正因此感到怅然若失，敏雅又来招惹她。贤雅就是这么认为的。五年来在美国不好好学英语，好像尽在骂人精那里补了课回来似的，敏雅总是挑出最不寻常的话来侮辱贤雅。因为敏雅成绩不错，离了婚的父母各自添了些钱把她送到了美国去留学，但这丫头的性格一点都没有变，反而更差了。

光不结婚算什么独身啊，你还是先独立吧，自己一个子儿也不挣，还跟爸爸伸手要钱，不觉得可耻吗，你不过就是一个吃白饭的！在这样的毒舌面前贤雅终于爆发了。当然，爆发的结果还是她在敏雅劈头盖脸的谩骂声中乖乖投降。

狂风肆虐后的扫尾工作一直就是败者之份。贤雅收拾完杂乱无章的房间，最后把手链，这个事件的元凶扔到了垃圾桶里，心里也只好认可妹妹的话。说得是难听了点，但确实不无道理。

贤雅辗转电影界时仅存的一点积蓄和在爸爸的帮助下凑起的租金以月租、生活费、贷款利息的形式慢慢耗完了。贷学金也还没有还完。结婚泡汤了。光靠画画是不能摆脱这种生活的，贤雅想道。怎么寻思都不合算。

的确，解除婚约后的贤雅不得不对自己往后漫长的人生好好地深思熟虑一番。日后五十年计划的第一步就走错了，一切都是一团糟。财政、生活、工作都要进行重新规划。到这份上再向爸爸伸手也不是办法。为了供敏雅读书，他也已经很不容易了。

当务之急是要找个月租房。当初因为找得很急，所以以不可理喻的价格签了合约。要用所剩无几的结婚资金重新找个房子住。人睡得不安稳，过得也会不安稳。贤雅每天都在翻看房屋中介的网站，但一直没找到合适的。敏雅一脸无奈地望着她。

这时候接到了小颖的电话，说她要入住一个叫单身之家的地方。总是有办法引领生活的小颖一直是贤雅羡慕的对象，这回居然还有了房子，小颖果然是处处领先她一大步。但是单身之家？闻所未闻，网上也搜不到。她还反问了一下，是不是真的有这么个地方？

总之既然是新概念单身住宅，那真是为小颖姐量身定做的，贤雅这样祝贺道。然而小颖却提出了出人意料的建议。

她希望贤雅能以自己的名义去单身之家生活。小颖已经在全
州开始了改造韩屋为客房的工程，而这个单身之家如果不按
时入住的话，就等于放弃分房。

"我问了那边的公司，据说前六个月必须是本人居住。
但是申请材料上又没贴照片，而且又是与素未谋面的人聚在
一起，更何况大家都非常尊重各自的隐私，所以你就进去住，
正好还能当工作室用，你觉得如何？"

贤雅一直是不太能拒绝别人的性格，她一直是由自我意
志的百分之二十和他人意志的百分之八十来生活的。但是为
了小颖，她可以用百分百的自我意志来提供帮助。况且这是
不花一分钱就能住的房子啊。在小颖回来之前，她可以不用
交保证金，以现月月租几乎一半的价钱维持生活。

"姐，那我试试吧。由我去单身之家好了。"

成为崭新的自我，那是多么艰难的过程。是冒险，更是
斗争。贤雅决定成为憧憬已久的小颖。任小颖，这三个字对

她而言是这个时代潇洒单身女性的代名词。到一个没有任何人认识的地方，从头到脚来个一百八十度的蜕变。贤雅暗暗下了决心。

"再开一会儿就能看见了。"

贤雅设想着小颖的样子，尽量高雅而从容地回答道。卡车司机没有收起怀疑的目光。他打从刚才起就一直在向贤雅问这问那，做什么工作呀，原来住哪里呀。面对司机的细细盘问贤雅自始至终以小颖的身份进行了回答。

贤雅拉下窗户，细细品味着空气。沁人心脾，清新得想让人欢呼雀跃。这时，远远地看见一个居民区的入口。路的尽头，在高耸的两棵沙松之间跨着一块拱形的木牌匾。它把两棵树浑然一体地连接在了一起，仿佛一扇大门。在木牌匾的正中央用浮雕鲜明地刻着那个贤雅为了开启新生活而走进的新世界的名字。

单身之家

SINGLE VILLE

Chapter Three ··········· 曾经，你是我身旁的白纱新娘

—

在值得庆祝的入住当天,
满怀欣喜的润成接到意外的电话。

从此,
楼梯拐角处抽泣的穿着婚纱的女人,
再也无法从他脑海里剔除⋯⋯

—

　　润成调高了音量，普契尼的《图兰朵》响彻整个屋子。放这么大的音乐也没有人抗议，这里真是天堂。入住单身之家的第一天，润成把这些年来由于看别人家的眼色而没有做过的事都做了个够。采光也很棒。阳光充足，且也没有过分，非常适中。但是在独自一人的时候，相对于光明，润成更偏好适当的阴暗。他利用声音识别系统拉下百叶窗，房间里立刻暗了下来。

　　润成开了一瓶红酒，这是对他终于逃离了不堪回首的公共玄关和令人窒息的公用电梯的纪念。最值得庆祝的是终于摆脱了那个他一放音乐就来敲门的邻家男人。虽然庆祝或者聚会这类词汇和他格格不入，但是今天还是绝对值得私下张罗一下的。

　　当他打算尽情品味甘甜的美酒和恢宏的交响乐的那一刻，润成感受到从内心深处涌起了一股类似悲伤的情感。但是说不清那是怎样的一种情感。他已经很久没有感觉到悲伤和孤独了。在许久以前，当盲目的爱情结束后，他在心里筑起了一堵高高的墙。当他彻底成为了一个人后，他已然无法区分悲伤、孤独、爱情和喜悦这样的感觉了。对他而言，平静地存在于这个世界就是最惬意的。

虽然是大白天，但利用顶级技术制造的百叶窗完全隔绝了阳光。润成在黑暗中把手伸出去，寻找他的眼泪。能感受到被打理得一尘不染的桌面的光滑。七年前，当他第一部作品的定金入手，他就开始了解书桌的行情。他把义王、新堂、盆塘这些首尔圈内的家具卖场都跑遍了，但还是没有找到心仪的书桌。最后还是跑到了洪川的木器厂，从挑选用来做实木板的核桃树开始，经历了砍、晒、打等层层工序做成的就是这个书桌了。润成觉得，打家具这个词的用法就像写作这个词组一样气派。

就像上次，用砂纸打磨到肩部僵硬后，一口气吹散粉末，用手掌触摸桌面的时候一样，他仔细地摸索着，没碰到任何东西。眼泪，眼泪去哪里了。

　　人工泪液 ❶ 在两节小拇指大小的扁扁的塑料盒里面。身为所有物品都必须放在指定位置的强迫症患者，他唯一打点不好的就是这个眼泪。每次都会如在大象腿上寻找蚊子叮的包一样乱找一通，但奇了怪了，他就是会随手乱放。润成在眨了几次朦胧的眼睛后才在书桌上的简易书架底下找到了潜伏在那里的眼泪。

　　他仰起头，向干涩的双眼里各滴了两滴人工泪液。十年前通过近视手术矫正的视力又开始变差了。他知道关了灯只亮着显示屏写作有多么地致命，但没有办法，这个习惯已经改不掉了。就像海顿作曲时必须戴上假发一样，润成在写童话的时候必须把所有的灯都关掉。在黑暗中他的五感变得更加敏锐，不用闭眼就可以想象出一个个崭新的世界。他对视力已经认命了。反正人生就是等价交换，有得，必有失。

---

❶　人工泪液，是模仿人体泪液的成分做出的一种替代品，属于眼药水的一种，可以起到滋润眼睛的作用。

电话铃响了。是张主编。直到音乐结束为止，润成自然地无视了有一定间距的三次电话。

"喂，主编。"

"忙吗？"

"听了会儿音乐。"

"是吗。听说搬家了？"

"请直接说事儿吧。"

"那么高冷干吗，合作伙伴之间就应该嘘寒问暖。"

"出问题了吗？您只有出问题才会打电话。"

"你知道俞静儿吧？咱这圈子里插画第一人啊。俞静儿说这次她给你画。"

润成眉头一紧。

"你就甭说二话了。她三年档期都满了，好不容易才腾出时间来。"

"主编您才是别说二话呀。"

润成在行李堆中拆开了装文件的箱子，并从最上方的文件夹里取出了合同书。他开始平心静气地念起了第三条第二项。

"插画家应全权听从乙方的意见。违反此规定时，乙方可单方毁约，无需赔偿违约金。"

"喂，程润作家，润成！"明福心急如焚。

"当时我都要解约了，这可是前辈亲笔写下的条款。还继不继续了？"润成没有一点退让。

"给她加钱她也不干，你说让我怎么办。姜贤雅画家，她说你毁了她一辈子，对你咬牙切齿的。你到底把她怎么了？她把脾气都撒在我身上了。"

"作品发给她了吗？"

"邮件倒是发了，估计她看都不会看，现在都不接我电话了。"

"那就等着吧，她会主动联络的。"

挂了电话，润成慵懒地倚在沙发上。都说人老了爱操心，他觉得张主编近来变得尤为焦躁。姜贤雅画家能比谁都准确地理解他说的话。除了合作时，在交换意见用的聊天工具里运用过多的表情符号这一点让他有点看不惯以外，姜贤雅画家和他还是很有共同语言的，尤其在按照润成提出的要求进行修改这一点上堪称天才，没有对作品的深入理解是不可能做到的。润成坚信她会答应这次的合作。

对了，毁了她一辈子？我吗？毁了一个素昧平生的女人的一辈子？因为不想对任何事负责，所以他一直深居简出，埋头工作，怎么会被扣上这么一顶帽子？一旦开始新作品的工作，就得好好教训教训她，让她别说瞎话。润成如是想道。

当他打算继续收拾行李的时候，广播响了起来。

"各位单身之家的居民，欢迎大家入住。十分钟后在中央休息区召开居民会议，请各位务必参加。没有罚款。不出席者，请即刻退宿。请大家注意。"

本以为告别了鸡笼般的公共住宅，没想到这里还有让人联想起法西斯的广播。润成嘟囔着，又放了一首音乐。然后能有多慢就有多慢地打开了其他的行李。

—

　　润成早早就完成了单身之家的入住手续。当他第一次在网上的独身人士贴吧里看到单身之家的招募入住公告时，他不禁拍案叫绝。即使再怎么闭门不出，住在能容纳数千人的公共住宅里还是有很多烦心事。不管走到哪里，都没有办法避免和这样或那样的人碰面，且大部分都是孽缘。

　　在申请完单身之家回来的路上，走到一楼上二楼的台阶那里，润成不得不停住了脚步，因为在二层的紧急出口那里有一坨白色物体正堵着门口。他向下挪了一下太阳镜，看到一个穿着雪白的婚纱蹲在地上的女子，润成眉头紧蹙。

　　这是他故意避开嘈杂的电梯而选择的路，他最讨厌的就是和陌生人在狭小的空间里挤在一起。用作紧急通道的楼梯几乎是没人用的，多亏了那些认为为了身体的舒适而忍受心灵的不快是理所当然的人们。虽然楼道里总是脏兮兮的，而且偶尔还有点瘆人，但是对于润成来说，独自一人是更重要的。然而现在居然有一个耷拉着一身蕾丝的女人占领了整个二楼的台阶，侵犯着他的专属空间。女人还在捏着鼻子抽泣着。

这个女人宛如一个不知所措的小动物。她流着眼泪，身子在不停地发抖。婚纱心形的胸线随着她每一次的抽泣反复地鼓起来，又陷下去。润成压低了帽子，转了身。为何她穿着婚纱如此悲凉地哭泣？这完全不让他好奇。润成一点也不想和她搭话。

五分钟过去了，女人还在捏着鼻子哼哼着。润成觉得闷得慌，还不如放声痛哭呢，干吗那副蠢样呢。这时，主编的短信来了。虽然尽量避免在市区里见面，但是对已经约好的事情润成向来是说一不二的。他看了下表，离赴约时间只剩下三分钟了，不能再耽搁了，无论如何都要上去。

润成把黑色的围巾一直围到了鼻子那里，一呼气，就能立马感受到一股热气。他对女人扫了一眼，在脑海里想象着该怎样越过她上楼梯。女人好像听到了动静，用泪汪汪的眼睛看向了润成，但似乎没有任何要让路的意思。没时间耽搁了。

润成伸出一只胳膊抓住了栏杆，用力过猛的胳膊上青筋暴起。润成的大长腿一跃蹬向了上空，他一步跨过蹲着的女人闪耀着的后背，稳稳地落在了通往三楼的第一个台阶那里。女人顿时目瞪口呆。明明是亲眼目睹了刚刚发生的飞跃，却一副不敢相信的表情。润成头也不回、不作任何停顿地上了楼梯。好像这个楼道里压根没有存在过什么穿着婚纱的女人一样，那么地若无其事。

"这人老糊涂了吧。"

润成苦涩地咂了咂嘴。刚走到三楼的咖啡厅后门，就看到了不想看的场景。透过玻璃门，张明福主编的秃顶映入眼帘。他背对后门而坐，两眼紧紧盯着和电梯相连的正门，使劲伸着他那粗短的脖子。看来他以为只要看到润成的脸，就马上上前抓住润成的手腕，这样润成就没得逃了。

问题是坐在主编对面的那个男人，一看就是记者。这就是主编老糊涂的证据。虽然那个男人面前既没有相机也没有本子，但润成一看就猜到了。那一脸慌张的神色，分明是正在脑子里整理问题的新晋记者。他一定在为自己拿下了从未露面的国内王牌童话作家"程润"的访谈而沾沾自喜。不好意思，没有独家了。润成没有想太多，立马转身返回。

　　二楼紧急出口那里还坐着刚才那个女人，女人好像还停留在刚刚注视他背影的状态里。虽然和女人四目交接，润成假装没有看见并默默地握住了栏杆。"那个……"当他刚要使劲，女人站了起来。润成讶异地看着她，握栏杆的那只手松了力，等着女人让路，但是女人突然向前贴了过来。

　　"请稍微等一下。"

　　女人瞬间来到了他的面前，直勾勾地盯着他。

　　"一小会儿就行。"

　　润成的心中涌起一股异样的情绪，他无法避开这个大大的黑眼眸。女人的眼眸放大后又收缩到了深渊之中。

　　眼前发生的一幕仿佛是刚刚着陆月球的宇航员眺望地球

一般的真空鉴赏，润成顿时慌了神，那是一种很陌生的感情。
抛开理由或因果，他被不可能的宇宙的秘密带来的蓦然的恐
怖和神秘感所俘虏。

默默注视他眼睛的女人抬起手，用手指尖抹掉了自己眼
角上晕开的眼线。女人看的原来不是他的眼睛，而是他戴着
的墨镜。她是在看镜片上反射的自己的样子，整理妆容。这
女人也老糊涂了吧。神秘感被断然打破，润成对女人的这种
冒失的行为感到无语。

女人在润成的面前抽泣着，突然咬紧了牙，看来是下了
什么决心。她用手指整了整妆容，眼中仍然噙满了泪水。在
平生第一次的境遇面前，润成没法轻易动身离开。女人从润
成那里借的顶多只有几分钟，对他而言，那却是如永恒般漫
长的几分钟。

戴着浓密假睫毛的女人眨了眨眼睛，润成把它解读为差
不多可以动了的信号，因此他退了一步，但是女人又向前了
一步。他再次后退一步，上了一个台阶。女人像被磁铁吸住

了一样，也跟上了一步。女人的鼻尖近得快要碰到润成的嘴唇了。

别把活人当镜子使啊，心里想的是大吼一句，实际上他把墨镜摘下来放到了女人手里。当女人在以微笑致谢后拿起墨镜左照右照的时候，润成像逃跑般奔下了楼梯。

"喂，您的墨镜！"

在女人的叫嚷声中润成停住了脚步，头也不回地喊了回去：

"给您了。"

"那怎么行啊！"

趁女人没有再说话，润成快马加鞭地走了下去。一气儿下到了一楼。从头顶传来了女人的声音，看似从栏杆伸出了脑袋在喊。

"这个看着很贵呢！"

女人的声音传到了楼下，跟随着润成的步伐。她说得没错，确实是很贵的墨镜，自己也没有闪躲的理由。润成不由觉得冤枉，考虑了一下要不要回去拿回来。

"谢谢您的墨镜……还有谢谢您刚才装作没看见。"

声音比刚才还大。女人这是误读了他的本意。自己不是装作没看见，而是压根就没想管。润成一直觉得，人和人之间需要保持一定的距离。他也一直在为保持这个距离而努力，现在已经不用费多少心思就可以维持"不会伤感情的距离"了。别说是但凡小有名气的作家都要举办的签名会、出版纪念会等等了，润成连采访都一一回绝。主编说，他这叫"社交恐惧症"。

距离，对他就是这么重要。如果一般人觉得两个手掌的距离可以放心的话，润成必须和人保持一个胳膊的距离才能摆脱对敏感关系的神经症。然而这个女人一下子就越线了，从不会失去平常心的润成会接连后退也正是因为如此。不知怎的，觉得有点窝火。别抱有错觉了，爱怎么自我否定都由你。他努力把这些话咽了回去。

吹着刺骨的寒风，润成整好衣领，加快了脚步。灿然的阳光洒了下来。兜里的手机响了。是主编。"不是说快到了吗，在哪儿呢？"这会儿主编的脖子也许足足伸长了两厘米吧。

没什么好犹豫的了，他斩钉截铁地说：

"我要解约。准备材料吧。"

Chapter Four‥‥‥‥‥‥那么美的故事，主角是你

—

润成构思的童话中，
一身雪白的盐怪灵感来自第一次居民会议上，
哭得梨花带雨，
面巾纸堆成小山的女子。

正当他写得投入，
外面响起丁丁当当的奇怪声音，
接下来，
展现在他面前的场景，
远远超出他的预料……

—

丁丁当当，唰唰——丁丁当当，唰唰——

惊天动地的声音让小鸟们四处飞散，鼹鼠藏进了地洞里。

怪物在移动着。这个怪物的身子好大呀！它比长颈鹿还要高，比大象还要胖。每当怪物丁丁当当地挪动脚步，身上便唰唰地掉下白色的粉末。

鼹鼠从地里探出头来，伸出舌头舔了一下四处飘落的白粉末。

"呸呸呸——咸死了！这不是盐么！"

怪物的身子好像用结实的胶泥捏出来的一样，凹凸不平，从头到脚一身雪白，在阳光下一闪一闪。那是因为怪物就是用盐做出来的。

怪物的爸爸是生活在天地之界的可怕的巨人，它收集了世上所有人的眼泪，藏到了星星陨落的大洞里。

一千年过去了，又一千年过去了。

当时间从眼泪里蒸发后，剩下了白色的盐晶体。晶体聚集起来变成了石头，最后变成了巨石。这时，巨人左揉揉、右揉揉，捏出了一个怪物。

让润成想到用眼泪做成白色盐怪的是那次的居民会议。当他看到那个女人，3号任小颖"生产"出的面巾纸堆的时候，脑海里立马浮现出了集可怕与天真为一体的奇怪的生命体。用来压轴"怪物系列"的主人公就这样诞生了。

在润成的童话里，主人公总是怪物。这是由他不喜欢小孩、大人、女人甚至宠物的性情导致的，但却出乎意料地收获了成功。读者在怪物的身上看到了很多不同的东西，又爱又恨的孩子、孤独悲伤的自我、无法企及的理想和梦等等都反映在润成的怪物身上。

慢慢有了口碑，润成的童话变成了日刊或周刊"开发孩子情商的童话二十选"、"让大人落泪的童话 BEST3"等新闻的常客，后来更是在某文化杂志以"我们都是怪物——神秘作家的世界"为宏大标题做了特别报道。

出版界对作家不愿透露姓名、性别、年龄的理由众说纷纭，是十五岁天才少年啦，其实是罗锅啦，不对，是把自己当成怪物的精神分裂症患者在精神病院写的啦等等。虽然不是什么美好的传闻，但他还是颇为满意。嘈杂的大众、充满好奇的目光、温暖的亲切与伪善……这些都是他最讨厌的。

以泪盐怪物结束怪物系列后，他打算以新的笔名继续把童话写下去。有一位作家曾获过两次一生只有一次机会问鼎的文学奖，他就是罗曼·加里。直到他死后人们才发现原来埃米尔·阿雅尔也是他。润成笃定地认为，他用埃米尔·阿雅尔这个笔名写作也是因为嫌麻烦。

大文豪在《如此人生》中的那句"去舔人生的屁股"说的就是用多余的责任心对别人的众口嚣嚣随声附和吧，润成是这样肆意解读的。

润成把白天拉下来的百叶窗打开，欣赏了一会儿窗外的风景。林中月光皎洁。桦树的影子长长地伸展在地面上。他滴了滴人工泪液，仰着头，舒服地靠着椅子的靠背。这是拉伸兼休息的时刻。然后，闭着眼睛转动眼珠的润成瞬间石化。

丁丁当当——不知从哪里传来了声音。

丁丁当当——并不是从远处的树林传来的声音。不知是什么声音，但是是从很近的地方发出来的。润成侧耳倾听。

近在咫尺。顺着脊柱起了一排小米粒儿般的鸡皮疙瘩。声音是从卧室的窗户那里传来的，就是此刻润成正背对着的那扇落地窗。在只要他一扭头就能看到的地方，一定是有什么东西。难道是对作品太投入了？润成试着调整呼吸，然而不规则、不均匀的声音继续着，润成咽了口口水，悄悄转过头去。

"妈呀！什么东西！"

润成从椅子上弹起来，滚到了地上。卧室的窗外有一个血淋淋的物体，黑暗中闪烁的眼球令人直打寒战，嘴里呼出的白色气体很不吉利地笼罩在窗户上。

各种念头在脑子里炸开了锅。血淋淋的生命体在继续敲着惊慌失措的润成的窗户。在润成眼里那分明就是怪物。也许是因为写怪物故事写入迷了，看到假象了吧，他这样自我安慰道。然而那物体的声音和动静实在是鲜明得不像假象。

情急之中，润成想到了声音识别系统。他急切地喊道：

"关！关百叶窗！"

识别出主人声音的自动系统开始下拉百叶窗。也许是心情的缘故，润成觉得百叶窗下降的速度就像慢动作一样。

"连接中控室！"

他的脑海里浮现出了郑美仁夸夸其谈的脸，说什么雇用了韩国最好的保安公司，安全绝对有保障云云。集权统治对人民的安危果然是不放在心上的。"各位居民，咱们起义吧！"他以想要这样呐喊的心情连声喊着中控室。

"请再说一遍。"

回答心急如焚的润成的，是冰冷的机器人。口干舌燥。百叶窗还没有完全拉上。

难道就这么被孤立了吗，全然没有想到开灯这个办法的润成在黑暗中死死地盯着那个莫名的物体。在那期间，它一直在丁丁当当——丁当丁当——丁丁——当当地发出声音。润成向前了一步，被意料之外的突袭惊吓到的心脏平复过来后，一股烦躁的情绪汹涌而至。

如果有力气打碎钢化玻璃的话，那东西早就闯进来了。润成悄无声息地靠近窗边。是动物，就告到消防局；是人，就告到警察局。那家伙貌似也敲累了，气喘吁吁。

润成眨了眨眼睛。看到了一个模糊的轮廓。体积比想象中的要小。润成干脆把脑门贴到了窗户上。再，再近一点……突然，那家伙开始后退，好像在逃跑。它瞬间消失于黑暗之中。

润成在心里默念了十个数。往往，觉得已经完结的事情是不会轻易结束的。火上浇油、雪上加霜这些话不是白来的。无论面对任何事，在完全放心之前一定要数十个数，这是润成保持了许久的习惯。

一、二、三……八、九、十……长长地呼出一口气后，润成摸索到窗边的墙壁，按下了开关。他闭上眼睛转了转眼

球，等着光线充盈于房间。正在那时候，砰——响起了更大
的声音。

　　润成在惊吓之中转过头来，在他眼前的是歪瘪着鼻子靠
在窗前，挥舞着沾满鲜血的双手的三号女人。

Chapter Five・・・・・・・三号的不速之客

—

眼前的一幕仿佛一把钥匙，
打开了正赫藏匿内心深处的记忆。

害怕、恐惧化做贯穿全身的战栗袭击他，
他却坚持起身，
只为寻找她的痕迹。

—

下雪了。用围巾把整张脸都围得严严实实的男人加快了脚步。雪地里会留下脚印，再这么磨蹭下去就会被察觉。在被追查之前必须完成任务。

男人走进了三号别墅。起初并没有要登门的想法，但是连着好几天想破了脑子也得不到问题的答案。那个把自己叫做任小颖的女人到底是谁？连年龄、职业都是一样的，但是她绝对不是任小颖。本该在居民会议的时候就揭穿她的……男人左思右想，加快了步伐。围着单身之家的林荫道转了一整圈，才走到了三号门口。由于憋得慌，男人把围巾松了松，继而又把脸蒙上。住在这里的，本该是小颖。到底是从什么地方开始，是哪里出错了呢？

没准和她当面聊聊就会发现其实事情远没有那么复杂。真正的小颖的电话怎么也打不通，她住的地方也已经好几周没有人影了。也许这个女人知道小颖现在在哪里。如是期待着，男人靠近了三号玄关。大门虚掩着，透过门缝映入眼帘的惨相让男人瞪大了眼睛。墙上和天花板上溅着的那红色的东西……分明是血。

"哕！"

男人干呕了一下。他想拔腿就跑，但是腿抖得根本走不动道。看到一滴血就会恶心的他被自己的主治医生诊断为晕血症。刚听到这个词时他扑哧一笑，但是再没有别的病名可以更加准确地描述他的症状了。男人双膝跪地。

男人说什么都想离开三号别墅，令他留下来的是以"万一"开头的可怕想象。万一那鲜血的主人是小颖呢……万一这个女人是训练有素的杀人魔，为了攫取小颖的身份而害了她呢？所以小颖才没法接电话的呢？……男人想象着最坏的情况。想象即是恐怖，然而恰恰是恐怖给了他勇气。

反复着发作前的咳嗽和干呕，男人走进了三号的大门。他尽可能地用围巾挡住视野、挡住气味。鲜血染红的厨房和男人曾是五岁小孩时见到的凄惨的事故现场重叠了起来。破败的车体上四处迸溅着的爸爸妈妈的鲜血……由于记不太清楚而更令人恐惧的死亡的样子……能走进去五步，对男人都是奇迹。

"知道我有多爱你了吧！"

咬牙喊出的男人的告白响彻在空荡的屋子里。两腿瑟瑟发抖，出了一身冷汗。又开始呕了。男人急忙解开围巾，弯下腰，随手抓了一个摆在眼前的圆桶，把脸伸进去呕吐。

只吐出几口黏稠的唾沫后，男人大吸了一口气。迎面扑来一股刺鼻的味道。男人仔细打量了圆桶，不禁哑然失笑，原来是装着红色油漆的桶。男人一时腿软，瘫坐在了地上。

男人如梦初醒，袭来一阵空虚，不觉得恶心了，头也不疼了。男人起身，环顾了一下，开始搜查。无论如何，要找到小颖的痕迹。

Chapter Six‧‧‧‧‧‧‧‧十五年，老了你我的爱情

—

二十岁，
那时候的润成还相信爱情这个美妙的奇迹。

那时他和她约定要把他们的故事讲给孩子听。

过了十年又加五年的如今，
润成和小颖没有孩子，
甚至连那些美好的回忆都像不曾出现过。

—

"您这人怎么能这样啊！"

贤雅像河豚一样鼓起腮帮子，抱怨道。脸蛋被冷风吹得通红。

"那可是我要问你的。"

润成用问心无愧的表情回答道。他神经质地拆开黄油棒的包装，粗暴地把贤雅的手拽了过来。

"哎呀！能不能轻一点啊。"

贤雅的细声尖叫也是枉然，润成开始用力往贤雅的手上擦黄油。

"给我吧，我自己来弄。"

"别动。"

"您这样太粗鲁了，还是我自己来吧！"

贤雅试图从润成手里把黄油抢过来。左手食指的指甲烂了，血和油漆混作一团。不仅是手上，整个身子都被染红了。乍一看就像是出了车祸或者被不分青红皂白暴打了一通的人。

对贤雅而言，这本是稀疏平常的夜晚，只不过由于去居民会议之前读了那个狗作家的童话而痛哭流涕了一番。总之，宣泄过后倒是一身轻松。她为了在和其他居民的首次会面中给人留下深刻的印象，穿了一身黑色连衣裙，画了黑色的眼线。然而却忍不住去读了邮箱里那个狗作家的童话。那就是罪魁祸首。

童话美极了。无比地悲伤，令人伤心欲绝。这一定是主编为了挽回宁肯死也拒绝为程润作画的她而挖下的陷阱。因此她在和居民的见面会中以一副哭哭啼啼的傻大姐的样子登了场。到这里还能忍。虽然她所计划的潇洒都市女郎的形象泡汤了，但她还是以任小颖的身份做了自我介绍，而且行李也都打点好了，所以感到很是轻松。

事情的开端是这样的：在准备吃晚饭的时候，她突然发现厨房白突突的一面墙看着太单调，恰巧小颖留下的行李里面有红色的油漆。贤雅把油漆桶打开，开始粉刷厨房的墙壁。其间，她又觉得有一块墙面特别适合挂相框。她火急火燎地摺下了刷子，拿起了锤子。在她吭哧吭哧钉钉子的时候，突如其来的一只飞蛾令她魂飞魄散，弄得她在慌乱之中锤了自己的手，并劈烂了指甲。她在剧痛中张牙舞爪，一不小心摔在了油漆桶上。真可谓是贤雅的独角戏加滑稽剧的终结版。

因钻心的疼痛而头晕目眩的她突然意识到，自己整理了一整天的行李里面并没有紧急用药。只要有消毒水和创可贴就够了，但是这副德行出小区大门绝对会被认为是僵尸，所以她想到了邻居。就像美仁说的那样，适当地换工互助应该可以把她从独身的最大敌人孤独那里救出来吧。

本以为能随手借来紧急药品的贤雅被敲不开的门弄得不知所措。那是因为润成为了工作把铃音设置成了无声模式。贤雅随着模糊的显示屏的光源逐步走近了卧室的窗户，之后发生的事就是作用和反作用弄出的造化了：男人的恐惧、女人的委屈、对百叶窗的愤怒以及发现了贤雅的润成的反应。

"还把百叶窗拉下来，您是不是太过分了？"

贤雅使出了浑身解数，想要把黄油从润成的手中夺过来。

"按铃没有反应的话就应该去别的家看啊。"

润成也不甘示弱。女人走进来的每一个地方都被染得一片红，令他很是心烦意乱。她越坐不住，房间就变得越糟糕。

"我就是凭一股傲气进来的。看到处在困境中的人居然冷酷无情地拉下百叶窗，这品德真是太好了！"

"整一副怪物的样子说什么呢，受了伤来借药的人怎么力气这么大。"

"所以我不是说我自己来吗。快给我。"

"你老实呆着就是帮大忙了！"

润成和贤雅的手在黄油棒上一通交错，胳膊交叉在了一块，肩膀也碰到了一起。润成想把胳膊扭到贤雅的身后，去控制住她的另一只手。贤雅反射性地一转身，就把脸撞进了润成的怀里。被全身的油漆味和油腻的黄油味所占领的贤雅的鼻子，顷刻间闻到了一股清新的纤维的味道。是薰衣草。头晕目眩的贤雅尽情地呼吸着。如果这一切都是噩梦，那现在就是醒来的最佳时机。

　　贤雅突然回过神来，发现自己还在润成的怀里。其间，黄油从润成的背后继续移动到了贤雅的背后。润成的胳膊环住了贤雅，贤雅的胳膊又抱住了润成的腰，就是这样一副情景，远远望去人家会误以为是亲密的恋人在相拥着跳激情的探戈，实际上两个人拼得很凶。贤雅不管三七二十一地扑了上去，润成为了避开贤雅那只受伤的手而精疲力竭。

　　"住手！"

　　忍无可忍的润成抓住了贤雅的两只胳膊，随后绊倒了她。贤雅卧倒在了地上。不，是被润成扔到了地上。润成压着她喘着粗气说：

　　"来麻烦别人就别得寸进尺。别再给我动了，听见没？别动！"

　　润成那咄咄逼人的架势让贤雅一时说不出话来，在她脸上散开的男人的热气和抓着她手腕的蛮力压制着她。润成一屁股坐到地上，匀了匀呼吸。

"那……那个……"贤雅小心翼翼地叫了一声。

"干吗？"润成头也不回地回答。

"真的不能动吗？"

"对，别动了，求你了。"润成不知不觉地用了非敬语 ❶。然而无论是润成自己还是贤雅都没有意识到这一点，两个人都已经累得不行了。

"但是我现在倒在地毯上，不知道您介不介意。"

还没等贤雅说完，润成即刻回了头。那速度，比被狮子袭击的瞪羚还要快。已被染上红色油漆的地毯映入眼帘，那可是他亲自从印度买回来的十分珍贵的地毯啊。

润成扑通一下跪在了贤雅的面前。

"您……您这是怎么了？"

贤雅惊慌失措地问道。润成长叹了一口气。

"我再说一遍，不管我做什么都别动。"

还没等贤雅回答，润成就一把把贤雅抬了起来。当被吓

---

❶　在韩语中，对陌生人要用敬语。

坏的贤雅想要挣扎，润成轻描淡写地说了一句绕住我的脖子，就没有下文了。贤雅尴尬地举起手绕住了润成的脖子，润成的脸近在咫尺，近得只要稍稍动一下脑袋，她的嘴唇就能贴到他的脸上。

棱角分明的脸上没有任何剃过须的或是小疙瘩的痕迹，皮肤白得没有血色，耳边有一个浅浅的伤疤。紧闭的嘴唇，细长的人中，高挺的鼻梁。浓密的睫毛下是向外延展的双眼。当他眨眼的时候，藏在左眼里的双眼皮忽闪忽闪。居民会议的时候光顾着哭了，晚上又在应付各种状况，无暇观察这么一张脸。

这个说话没教养的大叔长了好一张伤感的脸啊。贤雅心想。在幽幽的薰衣草香中她刹那间屏住了呼吸，她怕自己的气息会吹到润成的脸上，忽然觉得自己变成了乖乖裹在茧里的蚕。

润成把贤雅带到了浴室，把她放到了马桶盖上，仿佛有一只红色的蚕茧在雪白的浴室里蠕动着。润成把黄油棒递了过去。

"我去换衣服。你把这个好好涂在有油漆的地方。不管是血迹还是油漆,都得先擦干净,才能知道伤口究竟在哪里。"

"好的。但是您是怎么知道黄油能擦掉油漆的? 不是我们那边的人的话,一般是不会知道这个的呀。"

润成的脑海里浮现出一个女人的身影,不是眼前这个漏洞百出的女人,而是15年前他深爱过的那个女人。那个对别人冷漠疏离对他却火热的小颖。

第一次一起过夜的那个晚上,小颖在正在睡觉的润成的屁股上用油漆写下了自己的名字。对此浑然不知的润成按照每周的惯例和爸爸一起去了公共澡堂,结果让爸爸暴怒。"在屁股上写恋人名字的白痴居然是我儿子,我得把那个屁股打烂。"爸爸怒吼着,抄起澡堂的扫帚就追了过来,穿着内裤上演了一番社区追击战。虽然幸好那天穿的不是三角裤,而是四角内裤,但这也不能抹去那次的巨大屈辱。你为什么要那么做？在他的追问面前小颖笑着说："十年后可以笑着跟咱们的孩子讲嘛。"

　　小颖哈哈大笑，安慰着润成。也正是那时候小颖告诉了他皮肤上沾到油漆只要仔细地涂上黄油，再用柔软的毛巾擦掉就可以。那些夜晚，甜蜜又幸福。

　　二十岁。那时候的润成还是相信爱情这个美妙的奇迹的。好似红海被分成两半，以色列人在巨大水柱的掩护下走向迦南一样，年轻的恋人润成和小颖在二人的幻想世界里欢乐地向着永恒前进。直到掩护他们的信任之水柱坍塌，二人溺亡在绝望的漩涡前，他依然还是相信爱情的。过了十年又加五年的如今，润成和小颖之间并没有可以分享回忆的孩子。不，是根本不存在什么二人"之间"。

　　"那不是常识吗。"

　　润成心平气和地回答，瞥了瞥贤雅。在润成的眼里，她只是和回忆中真正的小颖完全迥异的同名异人罢了。虽然有

着相同的名字，他也不想在这个用刚生下来瑟瑟发抖的小狗
的眼睛望着他的女人身上回忆起他的小颖。润成把贤雅一个
人留下，径直走回房间，关上了门。

　　夜深了，雪也积得很厚。贤雅跟跟跄跄地走来。路灯下
随处可见枯枝的影子。贤雅伸出了手，虽然已经擦掉了很多，
但是在手指缝里、指甲里还是留着红色的油漆。食指和大拇
指上是润成给她缠上的创可贴。在贤雅讲述来龙去脉的时候，
他一直在嘲笑说她没有自己生活的资格、独身不是打扰别人
而是自立等等，但是在为贤雅撕烂的指甲消毒的时候，他又
是无比地全神贯注。出人意料地细致和用心，和他那暴躁的
性格大相径庭。他的手指又细又长。

　　回家的路显得格外地漫长。经过了肉搏战和挨批，她身
心俱疲。想洗个热水澡，立马躺下睡觉。终于到家了，当她
握住玄关门的把手，两腿不由得发软。但是蓦然间，她有种
很生疏的感觉。

"咦，我是关了门走的吗？"

贤雅望着紧紧关着的大门回忆道。已经记不得了。打开门一看，屋里和她走的时候一样，一团糟。四处溅开的油漆、乱丢在一边的锤子和工具盒，还有四节的迷你梯子。但是很奇怪，还是有一种陌生的感觉。并不是因为刚刚入住而引起的对空间的陌生感，是空气之中有了一种细微的变化。贤雅穿过客厅，打开了房门。

一切都安然无恙，无论是按蕾丝的花样曲线剪裁的白色的装饰柜和化妆台，还是吊在床上铺开的床幔，还是用蝴蝶结捆起来的浅粉色床帘。是不是太累了，所以变得很敏感呢。贤雅拿着换洗的衣服走进了浴室。

进了浴室，她呆若木鸡。洗手台上的圆镜上贴着一个纸条。

你真的是任小颖吗？

贤雅蓦地回头，环顾四周，还看了看浴帘后面。没有人。然后又读了一遍纸条。贤雅打了个寒战。她的脑子比客厅还乱。

Chapter Seven‥‥‥‥‥一个人的婚纱照

—

"对不起，
我真的……做不到。"

太昊留下的语音只有这些。

贤雅一遍一遍地听着，
像是聆听一次宣判。

原来，
比离别更让人心痛的，
是省去了所有理由和说明的通报。

—

贤雅早该猜到，当从不迟到的他没有出现在婚纱照拍摄现场的时候，这意味着什么。但当时并没有预见到自己会有被奇怪的纸条威胁的这一天，也没有预见到独身是这么孤独的一件事。

那天，在拍婚纱照的那天，当店员告诉她新郎打电话取消拍照的时候，她还满脑子都是脸上的痘痘。

"让其他人先拍吧。"

贤雅若无其事地笑着回答，也并不能为房间里的尴尬气氛解围。店员无奈地拿起一个粉扑捏了捏。贤雅避开那不安的眼神，看向了别处。

"对不起，我真的……做不到。"

然后就没有然后了。太昊留下的语音只有这些。

贤雅呆滞地坐在椅子上，这已经是第六次听这个录音了。世界顿时沉了下来，乌云密布的不是外面的天空，而是贤雅的灵魂。好像被独自关在了漆黑的深洞里一样，动弹不得。

看不见的巨大的怪物在她的耳边阴沉地重复着对不起。

在作画的最后一个阶段贤雅只能和一个人——程润作家联络。别无选择。作家不分昼夜地缠着她。人居然可以执著到那个份上。最初想试着理解成是对作品爱的太深的缘故，但总之，过了头。

一旦贤雅关机，他就要么用聊天工具，要么用垃圾邮件来骚扰她，如果这也行不通的话，他就把主编张明福直接派到她家里。最后还是只好按程润的思路走。他的要求确实不无说服力。很不幸，他的实力的确不容置疑。最后的成品是一流的。虽然在折磨人的方面堪称世界第一，但是作为他的粉丝，能通过（无比粗暴的）作家之口勾勒出憧憬中的作品世界，这也是一种无法割舍的喜悦。那个作家是二十四小时无时无刻不琢磨作品的人，若想跟上他的步伐，贤雅也必须变成那样。

当把全部的时间投入给程润作家后，她只能频频地放太昊的鸽子。想念也没有办法。如果接不到程润作家的电话，

或是没有按时完成工作的话，他就会动员主编来刁难她。而
对这样的贤雅，太昊留下的只有一句话。

我——做——不——到。

现在想想，比离别更让人心痛的，是省去了所有理由和
说明的通报。

贤雅不知道该如何应对，脑子一片空白。不悲伤，也没
有心痛，并没有真实的感觉。自己还毫无察觉地有说有笑，
真是荒唐至极。就像眼看就要倒计时了却停止了运转，傻愣
愣地停在发射台的罗老号人工卫星❶一样。这是个玩笑般的失
败。

猜到发生了什么的店员投来了恻隐的目光，那目光就像
无数针头一样刺痛着贤雅的全身。经理在前台忙着打确认预
约的电话，避开了她的目光。贤雅一动也不能动。一秒钟像

---

❶　因在韩国南部全罗南道罗老宇航中央发射而得名。2012 年 11 月 29 日 "罗老号" 因为
和发射台的连接部分出现了裂缝第三次延期发射。

一分钟一样漫长。

有一种时空旋转的感觉，让她直恶心，咽了好几个干咳下去。当胃里稍微平复了一些后，昏暗的眼前也逐渐亮了起来，贤雅身旁仍然站着微微哈着腰的店员。贤雅用尽了吃奶的力气握紧拳头说道：

"请给我化妆吧。"

"啊？"

店员瞪圆了眼睛反问道。又不是说我要当场咬舌自尽，求她给死人的脸化妆，但是店员的表情就像看着一个疯女人一样。贤雅还是咬牙笑了笑。

"我说请给我化妆，离开拍还有时间。"

店员有点不知所措，用同情的眼光看着贤雅的她一定是在这样想："哦，神啊，请可怜可怜这个因为打击而认知紊乱的新娘子吧。"

"我工作太忙，老公因为联系不上我，所以误会了，他这人就是不喜欢麻烦别人。"

定妆后，贤雅穿上了鱼尾婚纱。原本喜欢荷叶边和蝴蝶结的贤雅特意为了他的喜好选择了这个简洁的款式。他总是说一切都按贤雅的意思来，但她想给他一个惊喜，所以偷偷准备的。贤雅优美的脖子和胳膊露了出来。他曾为她按摩因为连夜工作而变得僵硬的胳膊。"你得再长点肉啊。全是骨头。"他担忧的声音还环绕在耳边。

"先从新娘的独照开始吧。"

可能是经理提前打了招呼，摄影师爽朗地引导着贤雅。其间贤雅给太昊发的信息已经有六十条有余了。贤雅把手机放到包里，站在了照明灯下，只能等待了。要相信他，他不是那种会把我丢下的负心汉。贤雅期待着一线曙光。但是能明显预感到，绝望正张着血盆大口向她扑来。

砰，砰。随着快门的声音，闪光灯一闪一闪。贤雅扬起了嘴角，粲然一笑。幸好这个时候需要她笑。向右歪头、向左歪头！在摄影师高声的指令下贤雅出色地完成了任务。但是直到她换下鱼尾裙，穿上宫廷风再换上公主风的婚纱，他仍然没有出现。

照了50张、100张后按快门的速度逐渐慢了下来。砰，砰，一闪，一闪。贤雅感觉自己在战火纷飞的战场上。在防空洞中藏起来的轰然倒塌的内心，被照明弹的亮光照得一览无余。

摄影师放下相机，删除了刚刚拍下的贤雅的照片。LCD画面中新娘子的表情很是诡异。露出洁白牙齿的嘴在笑，而眼睛却在哭。脸上的肌肉毫不协调，宛若小丑。

"咱们歇一会儿再拍。"

砰。照明关闭了。一直在强忍眼泪的贤雅撩起裙子奔出了影楼。

———

解除婚约比想象中要简单得多。双方父母通了几次电话，退了家电和韩服，把汇款再打回原来的账户，就结束了。相比拥有，果然还是丢弃起来比较迅速，都让人想不明白当初怎么就那么锱铢必较地买下了它们。当一切在瞬间消失，突然让人怀疑，那些时光、那个人是否真实地存在过。

在她解除婚约去找小颖哭诉的时候，小颖只是微笑着摸了摸她的头。我已经厌倦了悲伤、厌倦了假装应对，我要开始独身的生活。小颖对贤雅的宣言如是回答：

"什么生产率越来越低啦，再这样下去两百年后就会亡国啦，念叨这些的人是什么时候开始这么爱国的。说得好像独身的存在会让人类灭绝一样。毫无交集的人的意见倒不用去理会。问题是家人和朋友都会像你生了重病一样担心得不行。

"父母会唠叨说我的女儿要变成老姑娘了，然后肆意打来电话一通说教：看来你和情人该做的差不多也都做了，怎么还不赶紧脱离那种非伦理非正常的人生啊。即使是避开父母的叹息和指责去见朋友，情况也并不会好转。

"还有那种朋友。'为什么不想结婚？既然没有一定要结的必要那就是也没有一定不结的必要啊。你老了肯定会后

悔的。一个人生病可怎么办呀。' 好像自己不会老一样。怂
恿我们赶紧去组建家庭。这些人倒还算单纯的。

"最搞笑的是这种人。'你可真好。不用操心什么，也
没有烦你的老公。你看我，生完孩子三年以后就变成大妈了。
对了，我和你说过没？我老公这次出差你猜买了什么回来？
水滴❶！小型的那种，很小。我孩子可聪明了，思考能力好像
比同岁的孩子强很多。' 诸如此类。也不知道是真的羡慕单
身呢，还是可怜单身。总之单身人士很容易在处处晒幸福的
朋友圈里变成异类。"

小颖说，没准 "为什么不结婚" 这个问题的答案可以在 "为
什么要结婚" 的答案中寻找。就是想结啊，因为周围的人都
结啊，一个人很孤单啊，老了需要有人照顾啊，为了经济上
的稳定啊，为了生孩子啊等等简单的理由开始直到为了确认
自己当父母的样子，为了在家庭的共同体里寻找幸福等富有
哲理的理由，五花八门。小颖从这些需要结婚的理由里寻找

---

❶　硅胶做的水滴状胸部填充物。

着独身的理由。

"就是不想结啊，周围人都结了不差我一个啊，两个人未必就不孤独啊，人老了向别人伸手也一样啊，经济上自己就能养活自己，生养孩子也不一定就是什么值得感恩的体验。而且不结婚也可以体验到。既然对父母或家庭这个共同体没有任何值得期待的幸福和希望，那我可以从结婚这个领域全身而退了。"

然而即使再怎么理直气壮，每次都要为自己辩解一通也是怪令人难堪和恼羞成怒的一件事。为什么要向别人解释自己的生活方式，小颖对这一点总是很不满。想干吃冷面还是想煮着吃，那只是"选择"的问题，为什么结婚要被分类成"必选项"，而非要出示弃权声明书呢。

"你记住，感到孤独没什么。因为你没有放弃爱情，只不过是决定了你存在的方式。如果随着年龄的增长，开始后悔自己独守空房地老去，那就是个危险信号。屋子变得脏乱也是黄牌警告。"

　　小颖分享着切身的体会。在聊天的过程中电话一直在响，是小颖口中已经分手的小不点打来的，但小颖没有接。贤雅心想，总有一天叫小不点的那个人也会理解小颖的心思吧。

　　世上所有的离别各有各的不同，结局也和离别的理由一样五花八门。比如，不是所有解除了婚约的女人都会声明自己要独身，即使声明了，也不是所有女人都会被跟踪。贤雅想了想对策，无论如何，都要摆脱这个威胁。如果被逐出单身之家，那就再也没有她的容身之地了。更主要的，是她很害怕。

Chapter Eight‧‧‧‧‧‧‧‧错乱中，习惯单身生活

—

生平第一次独自生活，
贤雅以迅雷不及掩耳之势，
体验着各种谬误。

买菜买错，
做饭做错，
就连收拾房间都一团脏乱。

但幸运的是，
错也好，
乱也罢，
贤雅真的开始了一个人的新生活。

—

不是在做梦吧？润成怀疑了片刻。然而鼻尖飞入的葱和蒜的辣味让他确信这是五味俱全的现实。润成正在把葱和蒜捣碎。自己正置身在最想避免的情景里。

"大叔您学过厨艺吧？好棒哦！"

贤雅用手托着头，连声赞叹道。这个任小颖怎么会在我的厨房里呢。润成狠狠地剁下去、好像在对着大蒜撒气。

三号女人的突然造访是从一周前开始的。女人口中说着什么前几天失礼啦，然后就把一整锅日式关东煮扣在了玄关上。粗粗的乌冬面如蚯蚓般蠕动着，薄薄的鲣鱼末撒了一地。一看就是即食的。女人说是因为手指还没完全好，所以没拿稳，就要自告奋勇地打扫玄关。在女人打扫的期间，润成坐在松软的沙发上，一边喝着暖暖的绿茶，一边看着书。由于三号女人说她害怕，要把玄关门开着，满客厅都是冷冷的西北风。

"拉下百叶窗的时候就该认出来了，大叔果然是个冷血汉。"

正在扫地的贤雅一个人叨叨着。润成把音响的声音调高。

"打扫完了！"润成像宿管老师一样检查卫生。手上拿着用来在书上画线的铅笔，就更像了。那天是零下十五度的严寒天气，和一浇就冻的冰水打交道的贤雅，手指变得又红又弯。

虽然认为自己惹的事自己收拾是天经地义的，但是润成也不是那种看到冻僵了的女人却无动于衷的无赖。进来喝杯热茶再走吧，这是极为常识性的、绅士般的提议。然而现在的润成却追悔莫及，想要用这把刀把说了那些话的瞬间通通剁碎。

那天之后女人就经常来找他，借口应有尽有。教我怎么换灯泡啦，有没有能通洗手台下水道的东西啦，洗好挂在外面的袜子不见了，是不是飞到他院子里来啦，晚饭的东西买多了，要不要一起吃呀……人家看了简直会以为是她看上润成了，正在展开爱情攻势呢。

然而贤雅来找润成是有别的理由的。她是从自己的家里逃出来的。一想到有人在盯着自己的房间，就感到毛骨悚然。刚开始也想过要不要告诉郑美仁，或是在小区会议的时候公布出来。有人擅闯民宅这件事可是和单身之家的安保相关的大问题。但若是这样，就要把那个犯罪证据——"你真的是任小颖吗"拿出来。一旦拿出这个纸条，贤雅就要搬出单身之家了。不行。不能这么办。退宿后没有地方可去。贤雅想要等等看接下来会发生什么。那是她想重新做人的代价。有得必有失。

然而恐惧还是恐惧。虽然也可能是因为过度敏感，贤雅的眼里总是能看到房子周围的脚印，还有微微变了个方向的信箱等等。贤雅需要一个每天都能确认她相安无事的第三者。正因为如此，她每天都会厚着脸皮去找已经相识了的润成，虽然和他是个孽缘。

对毫不知情的润成来说，三号女人非常让他心烦，然而每次他总是稀里糊涂地被她侵占自己的领域。他终于记起了这个肆意越界的女人。为什么在那次的小区居民会议上他会有种似曾相识的不祥的预感。那是在女人说要帮忙切洋葱而把墨镜拿过来之后。他觉得墨镜很是眼熟，仔细一看，原来是自己那天丢给的那个穿着婚纱抽泣的女人的。还好那个开朗的三号任小颖并没有记起自己，但孽缘总归是孽缘。

生平第一次独自生活的贤雅对任何事都没有经验，首先不会买食材。在市场拎回的一包包的水果的确是一种甜蜜的诱惑，但是这就等于恭候马上会腐烂的食品垃圾和苍蝇的光临。

论捆卖的蔬菜、论斤卖的肉类也经常被她冻在冷冻室里直到上霜。像咖喱这样的即食食品如果不看好是几人份再买的话，很容易在吃了一周咖喱后产生一开口就觉得有姜黄味道的幻觉。

贤雅以迅雷不及掩耳之势体验着各种谬误。也就是说，只要她一出手，必有惨剧发生。然而每次她非但不因为自己的失误而难过，而是都会笑容可掬地按下门铃，并对润成说：

"大棚草莓买多了，咱们一起吃吧！" 贤雅对独身生活的要领一无所知，却对寻求帮助非常在行，而且有自己明确的主张。

"难道不是吗？不管是不是独身，只要是人就应该互相帮助。"

"大叔有需要也告诉我，我一定会帮忙的！"

你能帮我的只有一个，就是让我一个人呆着。这些答复根本没有用。她还想欢天喜地地招待其他居民过来，使得润成连声相劝。不知不觉间，两个人又在面对面坐着吃晚饭了。

今天的菜单是生鱼片盖饭。在路过饭店的时候感觉好吃所以要了外卖，想到大叔所以买了两人份。她解释道。独立许久而一般都能靠自己填饱肚子的润成有一个原则，那就是不吃即食食品，那是他第一次写童话时的亲身体验。不规律的生活和饮食会加重体重、消灭肌肉，同时消耗体力。此后润成便尽量避免吃即食食品，如果不得已的话一定会添加自己的作料或者蔬菜。为了今天的晚餐，润成准备了含有剁碎香葱的味增汤、添加了大蒜和苹果汁的辣椒酱。

　　"我要开动了！"

　　看着三号女人用幸福洋溢的表情大大地吃了一口，润成也开吃了。后添加的生菜口感很新鲜。

　　"三号，明天起别来了。"

　　"啊？"

　　"我说我要开始工作了，别来妨碍我。"

　　"您怎么能用说'小心烫'的语气说出这么让人寒心的话呢？"

　　"你有存在我这里的东西吗？"

　　"没有……"

　　"那你喜欢我吗，三号？"

　　"什么？"

　　贤雅呛了一下，咳嗽咳到满脸通红。润成觉得有点尴尬，给她递过纸巾盒。贤雅擦了擦手和嘴，直勾勾地盯着润成。

　　"您不会一直这样误会的吧？大叔太逗了。"

这回是贤雅笑得满脸通红。润成感到窘迫，大口喝着凉水。

"那你这是在干什么？不觉得过分吗。我应该说过，独身的根本不是去打扰别人，而是自立。"

"难道非要一个人吃饭、一个人呆着才是自立吗？虽然我确实向您寻求了很多帮助，但是大叔也应该因为我而多少受益了吧。"

"没有啊。"

贤雅委屈地看着矢口否认的润成。

"大叔不是说自己一个人好久了吗，您难道不会偶尔希望和我这样热血沸腾的人面对面一起吃晚饭吗？"

"绝不，就是因为觉得烦才自己过。"

贤雅撅起了嘴。

"这回连刷碗的时间都不能浪费。门铃我要重新调回静音模式。我提前警告你，可别像上次一样突袭人家的窗户。"

"碗不是也让我刷的吗！"

"今天是最后一次了，刷完赶紧走。"

润成斩钉截铁地站了起来。每次都是这样。每当贤雅唧唧喳喳地说话时润成总会直接打断并起身。在贤雅刷碗的时候，他依然用讨人厌的姿势听着音乐看着书，却连一声再见都不对贤雅说。贤雅穿着鞋，看了看沉迷在书中的润成，不知怎么的，她突然火冒三丈。

"我也要开始工作了！本来想拒绝那个狗一样的合作伙伴，但还是上了人家的钩。"

"那太好了，我们各自恪守己业吧。"

润成依然低着头。默读期间有一个句子让他很是不爽。反复默读的他，脑子里其实满是对插画家的念头。读了原稿的姜贤雅画家果然把活接了下来，这是意料之中的事。可是她的画变了个样。虽然主编觉得线条和色彩都和以前没什么区别，但是润成能够敏锐地捕捉到这个变化。干燥。和以前的作品相比，她现在的插画有种蒸发掉了水汽的感觉。加上聊天时非常地蛮横。他说一句，那边要顶上十句，这样的斗嘴也非常地耗费能量。

润成在书的空白处写下水汽二字，想要起身，这才看到还在玄关停留的贤雅。贤雅正皱起鼻子看着润成。

"还不走。"

润成疲惫地说道。

"因为我怕。害怕！"

贤雅突然大吼了一声。润成手中的铅笔啪的一声掉在地上，长长的、六边形的铅笔滴溜溜地滚了出去。

"真是没有眼力见儿，一个大姑娘家三天两头地跑到不喜欢的男人家里来，那肯定有什么理由不是吗？还是作家呢，怎么一点想象力都没有啊。"

"你这是因为我没有对你进行任何想象而大吼大叫吗？"

"是！一起吃饭的情分也是一种情分，您这么冰冷刻薄，真是太差劲了！"

润成缩了一下脖子。又不是你的老公、爱人，甚至都不是朋友，想不通这个女人为什么气成这样，以至于泪眼婆娑。

"明明是你的错觉吧。你是说我们一起吃了几次饭就应该变成要为对方内心的恐惧负责的关系吗？这不是耍赖吗？"

　　与气得发抖的贤雅相比，润成从头到尾都是平心静气的。贤雅觉得这一点更气人。虽然一起吃饭时并没有说太多的话，但是她知道他的手并不像他的话那么冰凉。贤雅更相信人在放松警惕时会做出的习惯性的动作。现在的他还不是看着她把正在读的书啪地合上，还不是把手中的铅笔弄掉了吗。如果不是因为这些，她也不会来找这个刻薄的讨厌鬼。

　　"再也不来了，爱写什么写什么吧！"

　　啪！贤雅夺门而出。被她幼稚到极点的告别搞得糊里糊涂的润成只好呆呆地站在原地。

　　贤雅以"之"字形走着。这条小路用成年人的步伐大踏两步就能穿过去，但她就是想多磨蹭一会儿。抱着万一的心态回头看了一眼，二号的门还是紧闭着。

　　"我觉得好像被人盯上了。"

　　明知道人家听不到，她还是讲出声来。

"我害怕，因为好像有人在监视我，就等着我出错。"

贤雅用颤抖的声音说道。

无济于事。贤雅决定，与其期待别人的帮助，不如靠自己解决。然而不到五分钟，贤雅的勇气被大打折扣。一封令人不快的信在信箱里等着她。

如果你真是任小颖，那就到树林里来。

贤雅顿觉后背发凉，不禁瑟瑟发抖。

桦树林绵延在单身之家的后侧，环绕着六栋别墅和中央休闲区的树林一排排地横亘着。从树林开始的山脊在小区的后方缓缓上升。白雪皑皑的树林中仿佛藏卧着北欧神话中的巨龙一般，充满了异域风情。经过在明晃晃的路灯照耀下的住宅区，沿着中央休闲区向后的小路就能走到树林里。高大挺拔的桦树遮住了月光，树林里一片黑漆。夜阑人静，贤雅怦怦的心跳声显得格外清晰。

树林里空无一人。不知是万幸还是不幸。贤雅在树林的尽头依靠在参天大树旁边，把手插在了口袋里。这样站了许久，呼吸声和心跳声渐渐平复了，好似被吸入了夜幕下的森林中。

咔嚓一声，响起了树枝断裂的声音。贤雅立刻把头转向了声音传来的地方，仔细观察。在五秒的沉寂后，咕咕咕——响起了猫头鹰的叫声。贤雅站直了身体。啪！从她倚着的桦树枝头上掉下了一个雪球。好像那是信号一般，传来了一阵脚步声。贤雅从大衣外套的口袋里拿出了电击棒。

"这是在哪儿呢？右边？左边？前边？"

令人诧异的是，脚步声是同时从不同的方向传来的。嘎吱嘎吱，嚓嚓嚓，是有人急促地踩在雪地上。是在跑。这声音到底是从哪里传来，是谁的脚步，究竟有几个人，贤雅无从判断。没准自己真的做了一个危险的决定，她心想。不知道用电击棒能对付几个人。她咽了口口水。

贤雅鼓起了勇气，仔细一听，好像从各个方向传来的脚步声都聚集到了一个地方。没准只是幻觉。脚步声变得更加急促，继而，碰撞、摔倒的声音混作一团。贤雅紧紧握住了电击棒，双手在不停地发抖，但她还是用尽了吃奶的力气握着它。声音越发近了。尽管努力地强忍住想要逃跑的心情，她还是恐惧地跑了起来。

"大叔？"

在草丛后有两个男人在扭打着。贤雅一下子就认出了润成。虽然他压低了帽子，用黑围巾团团围住了脸，但她立刻就捕捉到了他细长的眼睛发出的亮光。而正在和他撕扯的男人不知是谁。两个男人都连连哈着白气，使出浑身解数想要压制对方。然而因为两个人都有着相似的瘦高体型，体能不相上下，势均力敌。加上两个人看起来都对打架和搏斗并不在行，因此本可以一拳定胜负的较量就变成了一场可笑的肉搏战。贤雅不知所措。这时，她和被男人压倒在地、龇牙咧嘴的润成四目相对。他的眼神投向了贤雅手上的电击棒。

贤雅即刻领会了他的意思，这是让她攻击对方的强烈信号。无论如何都要结束这场战斗，那样才能找出真凶。贤雅战战兢兢地靠近了那两个像动物一样厮打在一起的男人。润成看到贤雅后，用两条胳膊和两条腿把男人环抱住了。

咯吱吱——一开电源，电击棒响起了令人不快的声音。这是爸爸给她买来防身用的。

从来没有用过，本希望永远用不上的东西，现在只要伸手就能启用了。贤雅闭上眼睛，瞄准了男人的后背。

"啊啊啊！"

尖叫声传入了贤雅的耳朵。贤雅睁开了眼睛，然而不知怎的，颤抖着四肢痛苦呻吟的不是那个男人，而是润成。

"大叔！"贤雅扑通一声坐到了地上，把润成的头放到了自己腿上。

"真是……一贯地……马大哈。"

口水从润成的嘴里流了出来，贤雅无意识地用自己的手擦掉了它，从他的脸上能感觉到微弱的静电。又惊惶又愧疚的贤雅不停地抚摸着润成的脸。开始有点回暖了。这时，一直精疲力竭地躺在地上的男人吃力地爬了起来，想要逃离现场。贤雅看到他，抓起地上的雪朝他扔去，并喊道：

"给我站住！我真的生气了！"

正在爬动的男人停住了，然后慢慢转头看向了她，这身影看着颇为眼熟。

"是给我留纸条的那个人吧？私闯民宅加上跟踪。你是什么人？小偷？强盗？变态？我来这之前联系了单身之家的管理员，这会儿应该快到了，所以甭想着逃跑了，没用的。"

贤雅一边呵斥着男人，一边摸了摸衣兜，回想了一下智能手机屏幕上各个应用的位置，把手指贴了上去。需要再，再拖一点时间。当她估摸着应该是按了112的时候，男人的脸上绽开了笑容，是嘲笑。

"不管是保安还是管理员，谁来都会让你比我更难堪吧，冒牌任小颖小姐？"

贤雅一愣，停下了在与男人对峙的过程中，一直抚摸着润成的脸的手。男人好像很是享受这个场景。

"怎么会……您算什么人……不是！"

乱了方寸的贤雅不知所云。

"我不是小偷，不是强盗，更不是变态，我是住在四号的郑建宇。咱们不是在居民会议的时候见过吗？不记得了？"

贤雅努力回想。好像也记起了那天在会上他仔细打量她的眼神。建宇对惊慌失措的贤雅步步紧逼。

"这回该您回答了。在别人的家里，冒充别人生活，究竟是出于什么目的？您究竟是什么人？"

贤雅咬了咬牙，无能为力，局势来了个一百八十度大逆转。建宇在胸前抱起了胳膊，逼问着贤雅。就在这个时候，突然从身后亮起了一束刺眼的强光，建宇和贤雅都低下了头。

"郑建宇，你这是在干什么！"

美仁那银铃般的声音响彻在树林里。建宇吓得呆若木鸡。贤雅扭头看了过去。在飘雪之中到来的是美仁和高盛民。在贤雅的怀里勉强把头抬起一厘米的润成吃力地说道：

"来得可真是……够晚的。"

Chapter Nine‥‥‥‥‥‥假面卸下，美丽背后是伤疤

—

对于女人来说,
这个世界还是太严苛。

二十年来,
美仁放弃了婚姻、放弃了事业,
放弃了女人本该最悠然的岁月,
经历了数不清的磕磕绊绊才得到了现在小小的幸福。

她的儿子,
建宇。

—

　　"乱了套了。"

　　润成把身子陷在单人沙发里，喷喷地说道。全身盖着毯子，直到下巴。有那么二十分钟由于轻微的麻痹，身子不是很方便，但在盛民和贤雅的搀扶下还是走了回来。喝了点热水，好像刺激了血液循环，能感到四肢发麻，全身松弛。臀部隐隐作痛，应该是被电击的地方淤青了。

　　一号美仁的家高雅而古朴，纹路清晰可见的原木地板、意大利产仿古沙发和足有百年的梧桐木五斗柜相得益彰。建宇和贤雅坐在沙发的两头，隔得远远的。贤雅低着头，紧张地绷紧了腰，而建宇则一脸不满的样子陷在沙发里，只有目光追随着美仁的一举一动。美仁怒气冲冲地在他们面前来回踱步。

　　在单人沙发的上方，挂着一块钟表，表盘是一个藏青色陶瓷盘。润成坐在沙发里打量着这三个人。头顶传来了嘀嗒嘀嗒钟表的声音。

"各位，没话说就散了吧。"

从洗手间出来的盛民边提裤子边说道。美仁打了个冷噤，现在可没有工夫搭理一脸凶相又不干不净的盛民。

"高盛民先生，您早就可以走了。"

"这不对啊，凭什么只让我走啊？二号作家先生呢？"

盛民席地而坐。"你们可甭想把我赶走。"他好似打坐示威一般盘起了腿。敦实的大腿使得两边的膝盖轻佻地翘了起来。美仁双眉紧蹙。

"崔润成先生是除了两个当事人以外唯一在现场的人，留他在这里是为了确认事情的来龙去脉。"可不像你，是在说什么要看会员情报这种不可理喻的话的途中，不经意间凑上热闹的！美仁特别想这样顶他一嘴，但还是强忍住了。

"还有什么可确认的。她本人都承认了，冒充别人，欺骗了我们。"

建宇不满地喊道。听到冒充一词，贤雅像被箭刺中了一样哆嗦了一下，深深地低下了头。

"即使是这样，也不能抵消你做出来的伤天害理的事。"

建宇对美仁的指责嗤之以鼻。

"我做了什么？我只是怂恿她说出真相罢了。"

"郑建宇！"

美仁心急火燎地喊道。往常建宇的语气可不是这样的，美仁养大的郑建宇可不是以揶揄他人为乐的孩子，可是现在建宇却让美仁难堪。

"有疑义就应该先来问我。没有经过允许私自闯入别人家里乱翻一通的行为是没有狡辩的余地的。还给人家女士留下威胁的纸条……你居然能做出这种事，真是太让人失望了。"

"如果她真的是任小颖，那还有什么可怕的？要不是我，所有人都会被她骗得团团转！"

建宇义愤填膺地继续道。

"还有姑姑，你可别搞错了。现在作为单身之家主人的郑美仁女士应该考虑的，是该如何处置那个诈骗犯。先决定是要以伪造身份罪向警察局报案，还是提出索要赔偿的诉讼吧。奖励忠肝义胆的侄儿这种事咱还是私下来吧。"

被扣上伪造身份罪的帽子，再加上索要赔偿的当头一棒，贤雅的精神变得萎靡起来，仿佛被呛人的浓烟笼罩一般。

"少贫嘴！你还是郑建宇吗？让你变得这么无耻低俗的就是那个你叫做姐姐的女人吧？我都说过多少次了，男人应该和能让自己变得优秀的女人相处。"

"姑姑！"

身子陷在沙发里的建宇如弹簧般站了起来。那叛逆的眼神和日日剧❶里被父母反对婚姻的男主人公的眼神如出一辙。同样，美仁的神情也像被一直信任的儿子背叛了的妈妈那样，六神无主。

"乱了套了。"

润成再次低声说道。也就是说，三号女人不是任小颖。出乎意料地，这并不让他感到惊讶，反而感到有点释怀。因

---

❶　韩国电视剧的一种，指从周一到周日每天播出的连续剧。

为她和任小颖这个名字散发出来的气场完全不符。润成相信古人关于一个人的命和他的名字紧密相连的说法。从小听了数千、数万、数亿遍的自己的姓名……如果说一个人会完全不受这种穿过耳朵嵌入大脑的词语的影响，那不是更奇怪的事吗。

也就是说，三号以任小颖的名字住进了单身之家，而四号建宇觉察到了蛛丝马迹并一直在进行追踪。润成简单地整理了一下事件。首先她肯定不是任小颖。那这个穿着婚纱哭泣的，忸怩作态、爱骚扰人又力大无穷的女人叫什么呢？是什么原因让她冒充别人的身份呢？这是润成最好奇的地方。他回忆起了那声颤抖着说自己害怕的呐喊，就是那个声音使润成跟着她出了门，看到贤雅脸色惨白地走向树林，便继续跟上了她。接着把本想悄悄地约她出来问个究竟的建宇误以为是无赖而扑向了他，还平生第一次屁股遭到了电击"按摩"。

润成瞥了一眼低着头的贤雅。被揭露无遗的女人像犯了死罪的大罪人一样站着，建宇和美仁的每一句话都让她哆嗦一下。她看着并不像是能干出诈骗或犯罪的样子。在这个一旦轻易相信，便会遍体鳞伤的世道上，最好还是保留对他人的判断为妙。奇怪的是，润成却有一种莫名的"懂她"的感觉。

比起一切事端的源头——贤雅，更让润成不快的是另一方——单身之家。郑美仁连最基本的身份确认都没做，还那么大张旗鼓地炫耀，这点让润成很是不爽。更何况筛选入住者时也存在着猫腻。四号的郑建宇居然是郑美仁的侄子，可谓是富三代。所谓的公平公正其实是早已串通好的剧本。作为主人的姑姑居然把自己的侄子安插进来，润成用指责的眼光望着美仁。

对此，美仁当然一清二楚。但他建宇是谁啊，偶尔是亲儿子，偶尔是知音，偶尔像她的分身，可以说就是她的全部人生。这二十年她放弃了婚姻、放弃了经营权，把所有焦点聚集在建宇一个人身上，就是这样走过来的。但是美仁从来没有把这些当作是牺牲。在建宇的成长过程中，每当他克服这样那样大大小小的难关时，她总是会这样想：

"这些就足够了，足够我幸福了。"

在当今社会，都说儿子和父母的关系生下来是两寸，上了大学是四寸，结了婚就是亲家的八寸 ❶，生了孩子就变成海外同胞了，但美仁却一直坚信，她可以潇洒地和建宇保持距离，一直融洽地相处下去。然而就像小王子的玫瑰一样，当你付出了时间，那个对象就会变得珍贵和唯一。在建宇的恋爱面前，美仁一败涂地。

虽然早在五岁时经历了同时失去双亲的悲剧，建宇还是长成了一个充满爱心的孩子。有着能够消解一切忧愁的阳光般灿烂笑容的孩子。但那是在遇到那个叫做任小颖的女人，并把自己的心全部交给她之前。建宇一直在照亮着美仁的生活。美仁失望透顶，仿佛被夺取了光源而凄惨凋零的花儿一般。

---

❶　"寸"为韩国人亲属关系的表示方法，"寸"数多寡表示远近亲疏，"寸"数少的为近亲，"寸"数多的为远亲，可分"一寸、二寸、三寸……九寸"。这样的表示法，层次清楚，辈分分明。

"我没有被欺骗，早在入住前我就和任小颖小姐见过面。"
建宇那怒气冲冲的眼神变得更加犀利。

"对在场的各位也澄清一下。"

润成这才觉得这个无聊的场景开始变得有点意思。原来
不是被愚蠢地欺骗，而是刻意纵容了一场欺骗剧的上演。盛
民也直勾勾地向前探出了身子，饶有兴致地等着她进一步的
解释。

"是任小颖小姐先来咨询的。她说因为事务缠身，不得
不腾出房子，这期间能不能让自己的熟人住进去，正好替她
打点一下。大家也都知道，在招募公告和入住条约里有不得
转让的条款，但是对这样的临时入住还没有合适的规定，所
以我也犹豫了一段时间。"

"那一开始就这么说不就好了，谁又不会说什么。"
盛民哼哼着说。

"是我说要这样的。刚开始就空着房子让别人来住，感
觉像是瑕疵。我不想给人留下一种单身之家从一开始就有漏

洞的印象。我以为，在一两个月后当真正的主人回来时再好好解释事情的来龙去脉，大家就会把它当个趣闻一样一笑而过了。"

美仁嗲声嗲气、一气呵成地说道，令人意外。盛民觉得她的话很有说服力。倒也是，那漂漂亮亮的闺女叫小颖还是叫老颖又有什么关系呢，又不是醉醺醺地高声放歌惊扰了邻居，也不是把厨余垃圾偷偷倒在了公共花坛里。没有给任何人造成任何伤害的她正哆嗦着双腿，咬着无辜的指甲。是不是太苛刻了。在他正有这个想法的时候有人说话了。

"那无非就是这两个原因之一了。"

一直沉默不语的润成第一次开了口。

"不是把所有居民都当成了傻子，要不然……"

美仁和贤雅都神色紧张地盯着润成。

"就是当成了无比大的傻子。"

润成用平静的声音声讨着美仁。美仁在惊惶中无言以对。拥有权势之辈最怕的就是不怕自己的对手。美仁望着没有一丝怯意的润成的眼睛，后背发凉。

单身之家，她把它看作自己一生中最后的事业。从小手腕高超的她每次都能在和兄弟姐妹的商业实战模拟中获胜。她曾负责子公司的建设部门，把业绩搞到了前三名。温柔的气质和绝不拖泥带水的办事作风令她芳名大噪。然而没有出嫁的女儿是没法取得经营权的。

在家族里，美仁的作用只有在作为抚养继承者建宇的保姆时才得到了最大的体现。起初很是沮丧，但美仁放空了欲望。长期执着于无法企及的事情，是会令人窒息的。

如果按人生是八十年来算的话，刚刚年满五十的美仁还有三十年的时间。这个时间足够她用之前在建筑行业打拼的经验来经营起单身之家。好久没有这么心动过了。就像那次，在哥哥的死亡面前把建宇抱在怀里的那次一样，她在还没有开始挖地基之前就把对单身之家的抱负种在了心里。

美仁脱离了母公司的怀抱，挂起了自己的名号。这是要拒绝任何人的干涉与忧虑的宣言。她对企划和品牌打造很在行，也拥有一个精于业务的精英团队。她胸有成竹。没有第二个比她更懂单身之家的人，因此也没人能对她指手画脚。

美仁面如土色。她用炽烈的目光望着润成。建宇觉察到了不祥的气氛。嘀嗒嘀嗒。他不安地抓了抓衣领。美仁向前迈出了一步，耳朵随之抽动了一下。她咬紧了牙。

"对不起。"

房间里的所有人都怀疑起了自己的耳朵，连润成也像被这出其不意的话吓了一跳一般，眨了眨眼睛。美仁鞠了个九十度的大躬。

"是我想得不对，被想要尽善尽美的念头蛊惑了。"

美仁的眼睛在闪闪发光，那是诉说着真心的目光。

"但是绝不是要低估或无视各位居民。这个我保证，我发誓。"

"至于发誓嘛……"

盛民嘟囔道，但没有人回应他。

一个中年女人当场折了腰。还是这个小区的主人，养尊处优的富家小姐。润成觉得被她来了个先发制人，果然是大玩家的风范。

"我会在下一次的小区居民会议中再次正式说明。只是……有一个请求。"

美仁干咽了一口口水。她挺直了那小小的背，好像要摆脱紧张的情绪。

"到时候你们能不能装作第一次听说这件事？"

Chapter Ten‥‥‥‥‥‥总有一些往事不如烟

—

单身之家的人，
几乎都是为了躲避什么才聚到了一起。

比如盛民。

突然的财富扰乱了他宁静的生活，
改变了他的人生轨迹。

于是，
他来到这里，
想一个人躲起来。

可结果并不如愿……

—

Chapter Ten

一切照旧。让人连连赞叹的又辣又爽口的豆芽汤饭、人声鼎沸的氛围，还有每次只有三个一盘的萝卜块泡菜。

"大娘，不认识我了？萝卜泡菜怎么这么少！"

盛民大喊，用盘子咚咚地敲着餐桌。老板娘小跑过来放下了装着满满一盘泡菜的盘子。

"高警官有多久没来了，我才会犯这种错误呀。太久没看见，以为你钻到地里去了呢。"

"我不干了。"

"妈呀，这是咋了？"

"升天了呗。我高盛民和地多不配啊。是不是？"

"说啥呢这是。反正是好事儿呗？天天为别人忙活，这回该自己享享清福了。"

"大娘要是知道我的事儿，估计要晕过去的。"盛民微微笑了一下。当他嘎嘣地咬了一口新上来的萝卜块时，他看到朴警官奔了过来。盛民看了看手表，3点23分。

"前辈！"

"怎么，现在晚个 23 分钟都不是事儿了是吧？"

"刚想出来，被局长叫住了。"

汗珠从朴警官的额头上流了下来。盛民拿起砂锅一气儿喝到底后站了起来。

"请我喝咖啡，要贵的！"

阴云密布，天阴得好像立马就会掉下硕大的雪花一样。盛民在餐厅门口的自动售货机上摁下了"高级咖啡"的按钮。很甜。从大娘的汤饭店望过去，一眼就能看到警察局。不过五个月前，盛民恨不得天天泡在那里，从来没有想象过离开那里的生活。看来人生的确是像犯人通缉令一样，如果刻意做好张贴出来的话，就会被稀疏平常的每天如岁月般风化，而冷不丁有一天会因为一个万万没想到的举报而被瞬间摘除。在辞职那天，盛民亲自摘下贴在桌子后面的"独士"的通缉令，对朴警官说道："这人生真是像极了通缉令，是吧？"那时候朴警官就没有理解盛民的话。当然，现在亦是如此。

"带来了吗？"

"从前辈辞职那会儿到现在，没有任何变化。不是说了吗，独士的案子事实上和已经终结了没什么区别。"

"你说什么呢。还有一个月公诉时效的案子，谁要终结？李科长？局长？"

"前辈冷静点，我就那么一说。"

朴警官急忙拉住了即刻就要冲向警察局的盛民。

"在我们之间也没谁比前辈更了解独士了。您也知道，想看看官方的材料都是很难的。"

"所以呢，到底带没带来？"在盛民的追问下，朴警官避开了他的视线。

"我就是出来见见前辈，好久没见了。"

盛民咂了咂嘴，把手里的纸杯捏作一团，接着把背在身后的书包转到胸前，掏出了什么东西。朴警官愣愣地望着他。盛民拿出来的是把 A4 纸折了两次，变成了四等份的纸。他缓缓地打开，上面画着润成的侧脸。左耳旁有新月状的浅浅的伤疤。

"这是什么？"

"好好瞅瞅，是不是独士？"

"这是前辈画的吗？"

"别看我这样，我在现场监督组干的时候还是负责画草图的呢。在做刑警之前学过一点美术。"

朴警官默默地盯着纸上润成的脸，他的头随着盛民拿画的角度倾斜着。

"所以说，这算是想象画？"

"什么？"

"前辈，您当初是怎么和我说的。一旦出了那个门，就把一切都忘掉，那才是活路。您就此打住吧，抓不到独士的。"

朴警官闭上了眼睛。如果是以前的盛民，这时候他早该上来掐住他的脖子了，然而此刻盛民却很平静。

"再看看这个。"

盛民又从包里摸出了两张纸。一张是在刚刚看到的润成的侧脸加上了蒙面和帽子的画，只能看到鼻梁和耳边的伤疤。另一张破旧不堪的纸张是十年前制作，五个月前摘下的独士的通缉令。以当事人的陈述为基础画成的独士的肖像画和盛民左手上正拿着的男子画像一样，蒙着面，戴着帽子，耳边有新月状的伤疤。

"您的意思是，这不是想象画，而是临摹画？"

盛民对他不冷不热的反应叹了一口气，并狠狠地抽了一下朴警官的后脑勺。

"你这家伙，就是因为这么迟钝，才会多少年都是一个样子。"

盛民从怀里掏出了手机。

"这样你还说风凉话吗？"

朴警官瞪大了眼睛。在盛民推到他眼前的手机显示屏里是画中的男人，看着比肖像画里的人稍稍上了点岁数，但确实是同一个人。

"看不到伤疤啊？"

"像素太低了，我亲眼见到了。"

随着岁月的流逝人发福了，加上用头发一挡，乍一看是看不太出来，但那的确是耳朵旁边的新月状的伤疤……能找到十五年前那么心急如焚地想要逮捕的杀人犯的唯一证据。那是无论长相、姓名、出身都通通无从得知的无名的杀人犯。

"独士"就是他们给那个凶残地杀害独居女性并弃尸的罪犯所起的外号。警察一般都会给不知身份的凶手起名字，那样才会有具体的感觉，即让人觉得面对的不是十恶不赦的恶魔，而是一般的人类。

为他起了孤独的"独"加上士大夫的"士"字的原因是因为他每次都是单独犯罪，加上那从不留下蛛丝马迹的缜密。那家伙堪称是两班❶。从来都是不紧不慢，且不会做任何不必

---

❶ 两班贵族的简称，为古代高丽与李氏朝鲜的一个社会阶层，处于社会等级制度的顶端，主体为士族与官僚。

要的破坏。好像目的只有断人性命一样，他从来不对其他东
西动手。是个对监控出了故障的胡同了如指掌的智能犯，因
此找到他的痕迹更是难上加难。

　　就像经常对朴警官唠叨的那样，盛民在二十年的警察生
涯里吸取的教训便是"忘了才能活"。错失嫌犯或几经周折
抓到的凶手没有受到法律应有制裁的情况多如牛毛。一旦把
这些都一一放在心里，就会因为愤怒的过度积累而爆发，这
是自然的，能切身体会到什么叫做气出病来。在新人时期，
盛民对案子执着到在睡梦中都能咻地起身的程度，然而随着
时光流逝，他也慢慢掌握了要领。工作和家庭无法分割。虽
然盛民很想分割开来，但案件总是会在凌晨或者是在有红白
喜事的日子抓住盛民的脚脖子。因此他决定为自己减负。交
给检察院或遣返或把文件锁进柜子的那一刻他会竭力删除记
忆，变得轻松起来，这便是盛民的出路。

　　然而独士却一直让他耿耿于怀。虽然心里只有他一个人，
但愤怒总是溢得满满的。那是由于在又一次让独士跑掉的那

个家中，也就是他在最后一个犯罪场所里发现的惨不忍睹的情景。本只针对年轻的独居女性作案的独士，那一次却对单身母亲下了手，这是打破以往行为模式的关键。他肯定也不知道那个女人其实有个孩子。不知是出于什么原因，女人把孩子一直藏在家里。案发后接受调查的同一个小区的居民甚至都作证说从来没有见过小孩子。正在玩捉迷藏的六岁的孩子就在妈妈为他特别保留的秘密的缝隙里亲眼目睹了妈妈被杀害的情形。

独士第一次破坏了现场。也许是在杀死女人后，发现了房间里的幼儿用品，为了找到孩子而仔细搜罗了房间，但最终还是没有找到。这是万幸。无法拖延时间的独士就这样仓皇离去，孩子在警察出动前的 27 个小时里都一直坐在那个缝隙里。不幸的是，孩子有天生的哮喘病。盛民发现孩子的胳膊是在警察出动两个小时以后，也就是案发 29 个小时后。

为了现场鉴定草图而四处搜寻的过程中，看到啪的一声掉了出来的孩子的小手，那个瞬间在盛民的脑海里挥之不去。

嘴唇发紫、失去意识的孩子被立刻送到了医院。经过一天的抢救勉强回过了神来，但肺部受到了致命的损害。盛民只能拉住最后的目击者的小手发问。问他关于杀死他妈妈的男人的信息，问他那个惨绝人寰的杀人现场的情况。不停地问。

"耳边……弯弯的月亮一样的……伤疤……这么大……"

孩子仿佛为了说出证言而坚持活着一般，看到根据自己的话而画成的肖像画后点了点头，便永远地离开了这个世界。盛民觉得，在那个时刻，他灵魂的一部分也和孩子一起死掉了。

以孩子的遗言为基础，形成了凶手的肖像画。身高178厘米，消瘦的体型，由于蒙了面戴了帽子所以无法准确判断其骨架，但目光犀利，耳边有新月状的伤疤。以被害者的伤痕判断，是以口袋刚好装下那样大小的小羊角锤砸下后脑勺，并推断应该是用锥子状的又细又长的凶器一把扎入动脉。没有对致死不必要的伤害，由此推断出于仇恨犯罪的可能性较低。九名被害者因出血过多而死亡，一名被害者因哮喘带来的肺水肿和肺炎而死亡。"我一定要亲手抓住这个畜生。"

辞职时最让他放不下的也是独士的案子，他到最后也没能扔掉那家伙的肖像画就搬家了，然而却在那里被他看到了，那个想象了无数次的畜生的嘴脸。

"他叫什么？不不，先说在哪儿见到这家伙的？"

这次轮到朴警官激动了。盛民满意又平静地说道：

"你先回局里重新画肖像画。2013 年新版本。然后去调查一下我给你的名字和身份证，很有可能是假的。不过记住，你先别惊动别人。在确认真相之前一定要秘密地进行。"

"前辈现在不是在当卧底吧？你现在都不是警察了。"

"所以才把你弄进来嘛。别鲁莽行事，免得打草惊蛇，知道了没？"

他觉得要马上到美仁那里去通报此事，并寻求协助。那天，当他说了事情的大概，即单身之家居民当中没准住着若干年前的重大案犯，所以想看看所有居民的身份资料时，美仁斩

钉截铁地拒绝了他。意思是，如果他需要的话，先把命令状
拿来。这女人，对卧底、潜伏侦查这些真是一窍不通。盛民
一直以来就拿会寻根论据的聪明女子毫无办法。说来也是，
自己也不是在职警察，以自己的推断来要求人家公开个人资
料也不是什么正常的行为。

　　况且美仁被侄子的闹剧弄得十分慌张。相比于被人知道
了三号的冒充入住，她更像是被侄儿的叛逆伤透了心。所以
他只好站在她这一边。盛民一直以来就拿不知所措的聪明女
子毫无办法。

　　"对了前辈。"朴警官慢慢喝完剩下的咖啡，开口说道。

　　"嗯，怎么了？"

　　"我下个月要搬家了。"

　　"搬哪儿去？"

　　"去江南。我老婆总说想让孩子上好学校就一定要去河
对面，最后还是惹事儿了。还换了个大房子，一把就签了合

约……"

盛民面如土色。

"我再贷款就太吃力了，前辈的闲钱能不能给我周转一下？我像还银行一样给你月供。"

"我走了。等我短信。"

朴警官看着就地转身的盛民抱怨道：

"前辈真是太过分了。都说有了大钱就会诚惶诚恐，觉得身边的人个个是小偷。没想到前辈您也这样。"

盛民顿时感到上火，后背发硬，但他没有停下脚步。

"我去搞到独士的资料！我能办到。"

有种愧疚的感觉，但正是这种愧疚的心理让他觉得十分冤枉。当盛民被幸运砸中的那天起，周围人都想当然地向他伸手要钱。前所未闻的慈善团体也不知是从哪里搞到了他的电话号码，没日没夜地打来电话，并把他形容得像一个冷血的、厚颜无耻的、白白吞掉巨款的强盗，弄得他快要神经衰弱了。本想隐匿于没有人、谁也不认识自己的地方而选择了单身之

家以后，盛民却为了那个畜生独士又重出了江湖。挨千刀的，
盛民抿了抿口水，"喀"的一声吐到了花坛上。

——

　　香气随着冷空气四溢，是盛民怀里的烤地瓜的味道。盛
民经过四号自己的家，正在走向坐落在最深处的一号别墅。

　　"看来还是自己小区的空气闻着舒服。"

　　单身之家真是个奇特的地方。一想到没准是独士的家伙
住在这里，就会毛骨悚然，但当呼吸着沁人心脾的空气，踏
雪独自奔跑在树林里的时候又是觉得如此安详。盛民掏出一
个最小的地瓜剥皮吃着，悠闲地享受着这种安详。

　　突然，不知从哪里传来了东西被砸碎的声音。吓了一跳
的盛民把地瓜叼在嘴里，警惕地观察着四周。凉风使得地瓜
冒出了白烟。

　　那是美仁。她蜷缩着蹲在一号玄关前，手上拿着的玻璃

瓶看来是刚刚打碎了，只剩下了瓶颈。美仁的身子晃晃悠悠的，好像并不是故意的。左边没力气了就向左边倾斜，右胳膊掉了就向右边倾倒。就这样一直低头向下的美仁对手中的碎瓶子毫无察觉，拿起来就要吹瓶。当然空空如也。美仁随手丢掉瓶子，想要走回家。只有三步就是玄关了，但她跟跄着，差点摔倒在碎玻璃上。盛民一把上前扶住了她。

"谁呀？"美仁用朦胧的眼神问道。

"闻味道，不像是喝了太多啊。醉了吗？"盛民问道。

"这个烦人的大叔怎么又来了。放手，快放手！"

但盛民没法放手。此刻的美仁泪眼婆娑，而盛民一直以来拿颤抖着哭泣的聪明女子毫无办法。

Chapter Eleven · · · · · · · 禁止恋爱条款

—

甜蜜的孤独变成悲凉的虚无只需一眨眼的工夫，
所以越是喜欢独居的人越是要定期找容身的人群。

因为这样，
禁止恋爱的单身之家也会定期举办集体活动，
让各位住户暂时走出一个人的世界。

—

　　贤雅已经六个小时没有离开电脑前了。窗外的天已经蒙蒙亮。自从看了昨晚发的草案，程润作家便从半夜十二点开始一直在折磨着她。说她的画里没有了水汽，这种抽象的东西要怎么加上去呢！贤雅要被气炸了。

　　程润还是老样子。不，是变得更恶毒了。毁了自己的人生还不够，还想毁了插画吗，他毫无顾忌地毒舌道。不过贤雅也有了耐心。她故意气这个狗作家说会把他说过的所有人格侮辱的话截图下来告到法院去。被激怒的狗作家一直通过聊天工具在汪汪地叫着，但是她并没有理睬，注视着通宵修改的怪物的草图。要不是那个狗作家提起来，贤雅自己也不会觉察到有什么变化。

　　如果说有什么东西从自己身上蒸发了的话，那应该是希望。对爱情、对浪漫的希冀和期望。随着年龄的增长和爱情的失败，人会变得越来越干燥，这难道不是人类的常理吗，贤雅如是想道。

　　"我重新返工再给您发邮件。请再等等。"贤雅在键盘上写道。

"什么时候？"那个无礼的狗作家话说得也很短。

"明天早上六点。今天是周日了，都歇一歇吧。作家您也呼吸一下新鲜空气，清醒清醒。"

贤雅立马摁下了退出键，有种莫名的痛快的感受。

———

下了一晚上的雪在阳光下闪耀着。这是一个清明、凛冽的周日下午。在万里无云的蓝天下，单身之家的居民陆续聚集到了中央休闲区门口。这是入住后第一次举办的"互助组"之日。

单身之家的互助组是"防止孤单"的一项措施。越是喜欢独居的人越要有定期参与的聚会。因为甜蜜的孤独变成悲凉的虚无是一眨眼的事情。简单的肢体活动更是现代人的生活中不可或缺的必要因素。互助组就是一石二鸟的最佳办法。

以轻便的打扮聚集在一起的居民少有交谈，颇为尴尬地站在那里。贤雅避开建宇和润成，尤其是正赫的眼睛，装作若无其事的样子。

这是继上次的入住会议后第一次的正式会面。正赫对之前的闹剧全然不知。大家怕随口说出的话会让正赫觉得异样，因此都闭口不言。美仁的嘱托也是这个意思。"如果他知道自己是最后一个知道这件事的人会不高兴的。"她苦苦诉说道，现在不想对任何一名居民造成失礼。如果要对红漆怪物、私闯民宅等一一进行说明倒也是够让人头大的，盛民在一旁附和。"我会以重新介绍贤雅的方式来开始互助组。"美仁起誓道。

约好的时间已经过了五分钟，而当初话音最大的盛民和美仁却没有出现。建宇、贤雅和润成用不自在的眼光瞄着彼此，徒然地踢着脚尖。

"啊德哒嘟哒！"

随着古怪的叫声，盛民出现在了中央休闲区的入口处。

他伸着大懒腰，后面的头发冲天翘着。

"诸位，赶紧开始吧。一口气干完，进去睡午觉去。"

"一号郑美仁女士还没到呢。"

正赫说道。他穿着上下一套的名牌运动服，脚上是镶嵌着宝石的改造过的运动鞋。适当凸起的斜方肌显得很是健康，看来是个热爱运动之人。

"她不是让我们先开始吗，你们没收到消息吗？"

盛民边挠着肚子边说。所有人都一头雾水，好像是第一次听说的样子。

"啥，就给我一个人发了短信吗？哎哟，这个大嫂，别有用心啊。"

建宇满脸不快地望着盛民，而他只是嘻嘻地笑着。

第一份差事是刷篱笆。地点是在小区处处蜿蜒的林荫路中和树林连接的那段。清除了积雪后，挑选一块地，把准备好的树棍埋进去。"篱笆本是对'请勿入内'和'请勿跨越'

的委婉表现。再怎么漂亮地上漆和装饰，都不过是种隐遁的装置罢了。"润成一边在刷子上沾满油漆，一边想道。顺着木头的纹理顺溜铺开的油漆是比雪还亮的白色。

"要是我的话，会三思的。"当贤雅拿起油漆刷，润成好像就待此时一般地挑衅道，"现在抓刷子是不是为时过早？差不多还是忍忍吧。"

"有劳您操心了。我家里还有很多黄油。"

贤雅不甘示弱地嘟着嘴说道。

"什么黄油？"

正赫凑了过来。润成和贤雅同时闭上了嘴。不管有多渺小，只要是秘密，它就是沉重和别扭的。润成选择了沉默，贤雅选择了演技。

"我喜欢吃乳制品。"

勉强挤出笑容的贤雅，嘴角细微地颤抖着。润成冷酷地背对过去，专心致志地刷着漆。怎么不在脸上挂个百叶窗呢，贤雅有种莫名的心寒之感。其实是她一直在打扰人家，但不知道为什么会有这种不是滋味的感觉，她也说不明白。冷风吹过，飘来了淡淡的薰衣草香。

"不过……二位是怎么想的？"

正赫窃窃私语道。

"啊，您指的是？"

贤雅不由得心跳加快。正赫的悄悄话让润成也微微回了个头。

"就是那个嘛。"

虽然开了口，正赫却无法轻易说下去，还四处张望，好像很是犹豫不决的样子。

"就是那个嘛，禁止恋爱条款。依我看，独身或单身指的是没有结婚的状态，而不是谈不谈恋爱的意思。虽然入住时是有独身的条件，但还要强加一个这样的规则是不是有点过头了呢，他们是没有权利干涉我们的私生活的。"

贤雅不由自主地点了点头。正赫的话说得很平静，但却很有力。看着漠不关心的润成突然来了一嘴：

"练过的吧？"

"啊？"

"刚刚说的话，是不是在家看着镜子练过的。"

"怎么知道的……"

正赫的脸由于羞愧而变得通红。

"因为您说这话的时候一直看着鞋子，而且还一直盯着那颗黄宝石。通常想记起背诵的东西的话，最好的办法就是看着一个点集中精力。"

贤雅再次对他叹服。这个孤独又冷血的百叶窗先生居然还很有推理能力。他这次新写的书没准是血迹斑斑的犯罪小说呢。

"我只是好奇其他居民对这项条款的看法。没准可以整合大家的意见转达给管理者。"

正赫抗辩道。在第一次居民会议后，正赫就如何能打破这个不可理喻的规则而一直烦恼着。如果这个规则一直残留下去的话，他到单身之家来就没有意义了。对正赫而言，单身之家是犹如漫长的冬季过后到来的，春天一般的避风港。

"意思是让我们变成你的同伙，是吗？"

润成笑着说道，挤了挤眼。这个表情令正赫看到了希望。正赫也俏皮地笑了一下。

"那当然好啊。"

"这可怎么办，我对禁止恋爱举双手赞成。"

听到润成的答复，正赫拉下了脸。这家伙在耍我吗，他心想。但润成是一副无比认真的样子。

"我真是这么想的。爱情、恋爱，繁琐又烦人。就是因为想避开这些我才搬到单身别墅，所以我无所谓。"

"那个……"贤雅想要开口，却被正赫抢了先。

"如果是那样的话没有这样的规定您也是无所谓呀。想谈恋爱的谈，不想谈的不谈不就行了。说什么要强制退宿，这不是会造成违和感吗。"

起初被润成的话乱了方寸的正赫一字一字地反驳道。润成和正赫四目相对，虽无恶意，但也不想服输的男人，目光强烈地交错着。

"那个……我能不能说一句……"

贤雅微弱的声音被完全埋没了。

"谈恋爱的人多闹腾啊，又哭又砸又扔的，如果就此打住还好，还都是话痨。"

"那也不会向您咨询啊。"正赫犀利地回答。

"光凭呼吸就会打扰别人的就是人类。谈恋爱，做这种壮举的人眼里会有别人吗？"

润成意味深长的目光令贤雅打了个寒战。在两个男人令人窒息的对抗中，贤雅找不到可以插入的缝隙。

"好扭曲啊，像一辈子从来没谈过幸福恋爱的人一样。"

这次轮到润成拉下了脸。

"随便说人闲话、评价别人这种事也是坠入爱河的人们经常干的勾当。"

"有这么说话的吗？"

两个男人旗鼓相当，好像马上就要动拳头了。贤雅不知所措，不想再看到男人之间的肉搏战了。

"我不是任小颖！"

这一声来得很是突然。贤雅紧闭双眼，又喊了一遍。

"对不起。我不是任小颖，而是姜贤雅！"

这个告白给两个男人当头一击。正赫目瞪口呆，润成张大了嘴。

———

"我想变成另一个人。你们没有那种时候吗？所有的事情都乱套了。工作，还有爱情。如果那两个都完蛋了，人生也就算完蛋了。

"我本来以为的爱情实际上却不是。和原本尊敬的人的关系也变得一塌糊涂。我没想哭，但被连续打了两记耳光。

"但是这些……总觉得所有这些都是因为我是我才会这

样……你们没有这种时候吗？因为是我，所以才会被抛弃，因为是我，所以才会失败，因为是我，所以才会不幸……

　　"我想变成另一个人，在我认识的人里最潇洒的那个女人。不像我这么没有眼力见儿、不像我这么软弱、不像我这么愚蠢的女人。不会因为男人哭、不会因为爱情痛的女人。我想变成那种无论何时何地都自信十足的人。这里没人认识我，没人知道我有多差劲，所以我以为我能应付过来。真是像个傻瓜。我这人就是这样。如果没有亲自去跌过撞过，就不知好歹。"

Chapter Twelve·······我代替未来的他，疼爱自己

—

我相信，
在地球的某一处一定会有真心爱我这个笨蛋的人。

可是，
世界太大，
命运太远，
也许我一辈子都遇不到他。

可是没关系，
真要是那样的话，
我就代替他……好好地爱自己。

贤雅这样对润成说。

—

"天啊，赶紧消失吧。"

黑暗中响起了润成不耐烦的声音。他把屋里所有的灯通通打开，希望光线能把他脑海里的贤雅的脸驱走，但是无济于事。

在篱笆之日后，贤雅用马上就要落泪的表情诉说自己心声的那张脸一直在润成的脑海里挥之不去。就像无论飘着云彩，还是下着雨都一直"悬挂"在天空中的太阳一样，贤雅的那张脸一直留在润成的脑海里折磨着他。无心工作，消化也不良。

"但是我相信，在地球的某一处一定会有真心爱我这个笨蛋——姜贤雅的本来面目的那个人。"

那个女人，说出了傻得让人都哭笑不得的话，而且那么认真。

"看不到不代表没有。世界太大，命运太远，也许人生在世遇不到那个人。如果那样的话，为了代替他……我要好好地爱自己。"

润成被那种好像无数虫子从耳朵里爬出来一样肉麻的天真弄得哑然失色。真是少见的女子。姜贤雅……和那个据说诅咒自己的，也不知被张明福主编下了什么套而揽下了之前坚决拒绝的活的插画家是同一个名字。当然比起任小颖，这个名字和她更匹配。本名嘛，匹配是自然。然而他所了解的姜画家是有深度的，不是像她这样拥有天真的十五岁少女情怀的女子。

贤雅所说的不结婚和企盼爱情是两回事的话令正赫举双手赞成。发现了一个志同道合之人的喜悦让他对冒充身份这件事毫不在乎。

拿着油漆过来的建宇也是一个爱情礼赞者。幸好，被滔滔不绝地赞美爱情的建宇弄得心烦的人不止是润成一个。盛民用"别说风凉话了"，"快冻死了"，"赶紧弄完走人吧"这种话把那帮人拉回到现实之中。但是很奇怪。

"我要好好地爱自己。"

贤雅那白皙的脸已经变成了润成日常生活的一部分。无论是高声放音乐，或是放声读书都于事无补。贤雅的脸执着地向润成搭着话。不管他如何闪躲、如何嗤之以鼻、如何逃避，耳边一直环绕着那个声音。

"我要好好地爱自己。"

那像上了冻的湖水一样清澈透明的眼眸、浅浅的微笑、嵌在嘴唇旁边的小酒窝。她的脸越发清晰了起来。而且那天以后，曾经每天过来敲门的贤雅和他断了来往。已经没有什么亏心事的贤雅再也没有必要来"不喜欢的男人家里"了。

然而惯性却是个强大的东西。当初连声说着别来烦我的润成不知从何时起却在翘首期盼着她的到来。从四点起神经开始紧绷的他会来回在餐厅和玄关之间踱步。每次打开冰箱总要查看一下剩下的蔬菜和调料，如果哪一天透过窗户看到了拿着锅匆匆路过他家的贤雅，他总会气得自己泡方便面吃。

约定交出盐怪初稿的日子逼近了。如果一直这样下去的话，一天写两张稿纸都很难。必须采取什么措施。如果这样的状态继续下去，身心都会受到伤害。

　　事实上润成在和插画家的气势交锋上每每败下阵来。当他得知三号和插画家是同名之后，不知怎的，说不出狠话来了。为了委婉地表达他不满意的地方，他要啰嗦半天。昨晚还被插画家呵斥，让他说出重点。关系的逆转始于自身的内部，一定是哪里出了问题。润成能深切地体会到。

———

　　"拜托了。"

　　建宇恳切地说道。陷入窘境的贤雅拿起了饼干。要慢慢嚼，考虑该怎么回答。

　　"看样子真的很迫切啊。"正赫放下茶杯，试着帮建宇说话。

　　所谓爱情礼赞者的下午茶派对。在互助之日发现了彼此的贤雅、建宇和正赫在那天之后开始经常聚在一起喝茶、吃晚饭。三个人没完没了地讨论"爱情"。

从旧爱开始的故事延续到了刚刚谈恋爱时的自己的样子、逐步变化的心境、比冷却的爱情残留得更久的罪恶感或留恋等等。包括为自己赶走了孤独的某一晚的晚霞、对在空荡的房间陪伴了自己的一只蚊子的温存。世上各种各样的爱情还真是多。

"就告诉我小颖姐在哪里就行。我绝对不会说是听贤雅姐说的。"

在这个过程中,最终讲出了对小颖之爱的建宇向贤雅问起了她的行踪。小颖之前提起的前男友原来是建宇,这一事实让贤雅着实吃了一惊,他原来是这么小的小不点让她又吃了一惊。看来建宇完全没有接受离别的现实。

"姐远离我,是因为她爱我。"

如果没有彻底意识到对方不爱自己这个事实,那就绝不会轻易放手,贤雅非常清楚这一点。爱情礼赞者更是那样。

这些坚信任何障碍物都可以用爱来轻而易举地，或即使流着泪也能克服的人，只要认为爱情还剩下一线曙光，就绝对不会放弃。

在发生过闹剧的那晚，建宇来找了贤雅。贤雅紧张地接待了和美仁有过激烈口角的建宇。建宇只是重复着一句话：

"对不起。"

"我不会做任何辩解，任何说明。"建宇的表情非常决绝，"从头到尾都是我的错。"看着诚心诚意地表达歉意的他，贤雅心软了。这种懂得真诚道歉的气度让人无法发火。

世间所有的不和都是由"但是"引起的。"那个是我错了，但是！""我知道你为什么生气，但是！""对不起，我说了对不起，但是！""但是"这个词语在切断对话、把争吵逼到无可挽回的地步上有着卓越的功效。而建宇没有说任何"但是"。贤雅知道，能做到这一点的人少之又少。

"谢谢。还有，我也道歉。"贤雅笑着补充道。那天，贤雅给他沏了一杯和他相配的淡淡的花茶。

在贤雅看来，建宇是个不错的男人。但是她无从得知小颖的心思。贤雅估摸了一下小颖的心理，但还是找不到答案。

"有点棘手啊。"贤雅如实地说。看到建宇的脸阴云密布，有点心疼。然而即使能感受到他的疼痛，她也没有能够插进二人之间的权利。

"要是姐姐联系我，我问问吧。这不是我自己能决定的问题，建宇你也知道的。"

建宇耷拉着肩膀。"身体那么虚弱的人怎么去他乡生活啊，太让人担心了……"说着，深深地叹了一口气。贤雅像是罪人一样，出了一身冷汗。正赫拍拍建宇的后背，向贤雅使了个眼色。

"没办法，只能等了。"

睿智又专业的正赫非常有决断力，这是他独有的魅力。作为时尚从业者，他的情感非常细腻，然而没想到还很有领导风范。"无论做任何选择都会有正反面，所以费心和苦恼是很自然的。但是拖延时间不等于能够做出更好的决定。"

正赫如是说，"应该区分出不能抛弃的东西，为了得到它要尽快地放弃另一方。不管是独身还是结婚都是一样的。"

"您和那个二号大叔同岁，但是正赫哥好成熟啊。"

贤雅也被正赫迷住了。这就是贤雅的特长。只要给她五分钟，她就能在任何人身上找到闪光点，会用肯定的眼光看待别人，这是她独有的能力。

"姐为什么管二号叫大叔，管正赫哥叫哥呀？"

"你干吗不叫哥，叫二号啊？"

"都没怎么搭过话，凭什么叫他哥呀。"

"怎么没有！身体的对话，肉搏战！"

贤雅的玩笑使得正赫扑哧一乐。建宇噘起了嘴。

"谁叫那以后就再没有什么事发生呢。那个人成天宅在家里吧？从来没在林荫道碰见过。"

"看着确实是不太想和我们相处。"正赫回答。

贤雅也有一段时间没有看到润成了。通过房子左边的窗户能远远地看到二号的身影。连续几天都是黑漆漆的。听说在工作，也不知道有没有好好吃饭。当初说过一起吃饭的情分也是情分这种话。"我这些日子是不是有点刻薄了？"她心想。

那天对建宇说已经联系了管理员是她撒了谎。但没想到美仁和盛民真的出现了。难道是润成叫的他们吗？"来得可真是……够晚的。"这是润成说的话。难道在跟随贤雅的时候察觉到了危险而叫了管理员吗？贤雅琢磨着。从来都对邻里的危机冷眼旁观的他是很难做出这种事情的，总之在那天之后，自己出其不意的告白加上被工作整得晕头转向，使得她没有念头去打听这件事。

无论是和盛民还是和美仁，在那天之后都没有聊过此事，所以想了解实情还是要问润成本人。但是一旦碰面，他总要挖苦她，使得她很难表达对他那天能跟在她身后的谢意。奇怪的是，贤雅面对二号男人也总是要奚落一番。

爱情礼赞者的八卦聊得正嗨，门铃响了。贤雅走出玄关，想着没准是二号。虽然她知道这是徒劳的想法，但当她开门看到敏雅的脸时，的确很失望。

"见到妹妹表情怎么那样！"

敏雅把两手上满满的购物袋扔给贤雅，径直走了进来。还没等贤雅说里面有客人，就响起了敏雅的尖叫声。

"啊！怎么办！"贤雅头都大了。那个爱唠叨的家伙又得各种指责了，想想就可怕。果不其然，敏雅火急火燎地跑向贤雅。贤雅在敏雅开口之前抢先解释道：

"都是住我们小区的邻居。就是喝杯茶……"

"右边的！"敏雅把贤雅的话截断了。

"啊？"

"那边那个长得像詹姆斯·麦卡沃伊的人！他是谁？"

敏雅两眼放光地问道。贤雅探头看了看厨房。正赫和建宇一脸茫然。敏雅对没有明白状况的贤雅一顿解释：

"就是那个刘海儿像芦苇一样弯，眼睛有种孤独的深邃，

嘴巴性感又鲜明的男人！穿着帅爆了的条纹针织衫的那个
人！"

白底蓝条的毛衣映入贤雅的眼帘。

"你是说正赫哥吗？"

"名字都这么帅！"

敏雅全然不顾贤雅焦虑的心情，正满眼花痴地望着正赫。
如果仅仅是望着就好了，而敏雅却不管三七二十一地走近正
赫，向他说道：

"正赫君有女朋友吗？"

"姜敏雅！"

正在往冰箱里放嫩萝卜泡菜的贤雅吓了一跳，指责地叫
了声妹妹。然而和往常一样，敏雅连眼睛都没眨一下。

"我最讨厌那些女人成天这个哥那个哥地叫了。我可以
叫您正赫君吧？"

苏子叶酱菜、加了蒜薹的炒虾仁、炒鱿鱼等等。爸爸送
来了大包小包的各种小菜。实在没法开口说自己正在以任小

颖的身份生活，只是说了这段时间禁止访问，没想到爸爸还是派了敏雅过来。当贤雅把小菜拿出来，一个个装进密封盒里的时候，敏雅正坐在正赫和建宇对面，毫无违和感地继续着对话。

"你们俩是亲姐妹吗？怎么能这么南辕北辙？"

建宇满脸惊奇地笑着对贤雅说。

"她像妈妈，我像爸爸。"

敏雅若无其事地接了姐姐的话。

"这不，爸爸一直在各种抱怨，说和我过不下去了。我对爸爸也有不满。都怪姐姐把房子退了到这里来，搞得爸爸和我好别扭啊。"

对和老婆吵吵闹闹了二十五年，五年前才成功离婚的老爸来说，和即使是亲生女儿，但像极了妈妈的敏雅一起生活并不是一件轻松的事。像敏雅一样大大咧咧的女汉子风格的妈妈始终让像贤雅一样性格细腻的爸爸觉得很累。

"我也住这里行不行？"

敏雅把目光投向了正在沏咖啡的贤雅，一副真心期待的表情。又宽又圆的额头、一字眉下弯弯的双眼、鹅蛋脸配上挺拔的鼻子、嘴角微微上翘的嘴唇。如果说贤雅长得像小狗的话，敏雅则长得像小猫。泼辣傲娇的敏雅，这只阴险的小猫看上了正赫这个猎物。

"说什么呢。你不是得回美国么。什么时候出国？"

"我休学了，这段时间要在韩国生活。难怪我会有这种想法。"

敏雅向正赫投去了欣赏的眼光，那是对自己的美貌很有把握的女人的魅惑的眼神。正赫笑了笑，好像略显为难，又好像觉得她可爱。贤雅气急败坏。敏雅对这些都不闻不问，把全部的注意力放到了正赫身上。

"怎么不回答呢？有没有对象啊？没有，是不是？"

"好莽撞啊。"建宇说道，"不过也是，被人迷得团团转也就是分分钟的事。"

"别说那种话了！"贤雅制止住了建宇。

"正赫哥，您甭答应。这孩子本来就有点疯疯癫癫的，今天尤其抓狂。所以别费心思了。"

"就是这么和妹妹说话的？"敏雅瞪了她一眼。

"你待会儿走着瞧！"

"不过我也挺好奇的。哥总是听我们说这说那，好像从来没听哥说过自己的故事。"

"你又添什么乱啊！"贤雅像热锅上的蚂蚁。而建宇好像在说恭候多时了，嘿嘿地笑着。

"哥不约会吗？从来没看过哥的手机，连社交网络都是加密的。"

敏雅的心里小鹿乱撞，敏雅总是会被充满神秘感的男人迷得神魂颠倒。如果和自己的梦中情人长得一样的正赫又是这样的男人，那必须当仁不让了。建宇和敏雅注视着正赫的脸。

"姜敏雅，你给我站起来。"贤雅一本正经地说道。

"怎么了？"

"别烦人了，赶紧回家。"

"你烦我了吗？"

"你真的要这样吗？"

忍无可忍的贤雅大吼了一声，妹妹的无礼和毫不害臊让她恼羞成怒。突然想起了润成的话："谈恋爱，做这种壮举的人眼里会有别人吗？"是这么说的吧。

"干吗生气啊？姐，你不会对正赫君抱有非分之想吧？"

无耻到底的敏雅终于让贤雅爆发了。贤雅抓住了敏雅的手腕。

"啊！好痛！"

敏雅的尖叫让贤雅顿时没了力气。敏雅的骨头就像养生师的橡皮筋，看着好像弱不禁风，实际上还是很强硬的。从小压制贤雅的除了敏雅的唠叨，还有那无法战胜的力气。这样的敏雅现在正发着呻吟的声音，裹着手腕。

"你这是……故意发嗲呢？"

"由她吧，没事的。"正赫劝解道。

无奈，贤雅坐到正赫的旁边悄悄地说：

"正赫哥，真对不起。"

"不不，真没事。妹妹性格真特别啊，有意思。"

"连性格都堪比佛祖，简直帅呆了。"

当敏雅再次在心中播撒爱情的种子的时候，正赫给她泼了一瓢凉水：

"感谢你看好我，但是这可怎么办，我已经有约会对象了。"

"真的吗哥？那之前怎么一直没提过？"建宇笑容可掬地问道。

"我想等我们再熟一些再说，这还怪不好意思的。"

正赫的微笑十分清新，那是一张坠入爱河的男人的脸。既想炫耀、同时又想隐藏起来的爱情。贤雅这才松了一口气。如果正赫没有对象的话，敏雅绝对能干得出第二天就打包好行李冲进来这种事。

"我早就料到了。"敏雅出乎意料地淡定，"怎么可能没有呢。好吧。Let's try my luck."

Chapter Twelve

　　敏雅低声嘀咕着，笑容满面地望着正赫。正是那个笑令贤雅不安。

Chapter Thirteen·······爱情来了，别赖账

一

有时候，
人会不由自主地哭起来。

就像现在的润成，
看见流星划过夜空的时候，
他的眼泪也流了下来。

他觉得诧异。

并不悲伤，
也没有发火，
更没有滴人工眼泪，
眼角怎么会湿了呢？

难道，
他恋爱了吗？

一

姜贤雅：怪物出生的大坑应该是那种无比巨大的感觉。从宇宙俯瞰都能看见的那种。

CR：好的。既然是星星坠落而成的，那就画成陨石撞击后形成的那种地面吧。

姜贤雅：好。但是不像月亮的背面那样漆黑，反而非常平静。

CR：就像巨大的湖面一样。

姜贤雅：没错，就是那种!

CR：对背景我们想到一块儿去了。

姜贤雅：把从人的眼睛里流下的眼泪画成从地上喷出雨来，掉入坑里怎么样?

CR：那会不会太……

姜贤雅：?

CR：乱七八糟? 我希望再简单一点。

姜贤雅：作家先生，您是不舒服吗?

CR：没有啊。怎么了?

姜贤雅：您和平时不太一样啊。像是有气无力。之前您对不满意的想法不是一口回绝吗。够了，说什么呢，别扯了。这不是作家先生的台词三件套吗。

CR：我哪有？

姜贤雅：不知为什么，我喜欢现在这个版本的作家先生您。合作起来也更顺畅。是这样吧？

CR：够了……能不能把对话的名称换了？

姜贤雅：啊？

CR：对话的名称，不要用实名，换成首字母或者"插画"这种吧。

姜贤雅：为什么呀？

CR：没什么……不顺眼。

姜贤雅：好好的又这样了。没时间奉陪作家先生的变卦，请尽快完成初稿。我先把大坑和大海的草图画出来。

CR 已退出登录。

姜贤雅：又，又这样任意退出了！狗改不了吃屎！

姜贤雅已退出登录。

——

"什么事？"

打开玄关门的贤雅一脸吃惊的样子。好像是马上要入睡了，只在睡衣上披了件开衫。润成没有多说，把信封塞到了贤雅的手里。

"这是什么呀？"

"看了就知道了。"

应该用敬语的，蛮横地说罢转身的润成后悔了。贤雅很轻。在把她抬起来的时候，还有坐在餐桌对面的时候都能感觉到她的轻。莞尔一笑时仿佛皮球一样四处乱蹦，泪眼婆娑地诉说心声时又像一个与世界格格不入的浮萍。是因为打一开始就不说敬语并无视她，所以才会像幻影般报复性地跟上他的吗？润成到了如此猜测的地步。总之要终止这诡异的幻影的出现。所以他找上门来了。

　　看着大踏步走远的润成，贤雅打开了信封。突如其来的男人的信，想起了还是中学生时在上学路上收到的临校男生的表白信。而这次是令人并不愉快的心跳。这样看来，入住单身之家以来最折磨贤雅的，就是莫名其妙的纸条。二号大叔想对我说的话是什么呢？而且是不能当面说的话。当贤雅绷紧了神经确认字迹工整的内容时，她的手变得毫无力气，差点把纸给弄掉了。

　　去油漆渍及换地毯费用：104000 元。

　　由此引起的精神损失费：196000 元。

　　电击冲击治疗费：10 万元。

　　共需赔偿 40 万元。

　　这又是哪一出？贤雅强打着有点恍惚的精神开始一路跑去，跟在润成的后面。在夜幕降临的寂静的单身之家里响起了贤雅吧嗒吧嗒的拖鞋声。

　　夜色如画。深蓝色的天空下树影斑驳、星光闪烁。有些星星聚在一起，彼此交心，有些则形单影只。一颗习惯了孤单的星星划破天际，划出了长长的线条。

　　润成不由自主地擦了擦湿润的脸颊。好似在夜深人静之时陨落的流星一般，从润成的眼中也流下了泪水。他觉得诧异。并不悲伤，也没有发火，更没有滴人工眼泪，眼角怎么会湿了呢?

　　单身之家的入口映入眼帘。为了摆脱像幽灵般跟着他的贤雅的那张纯真的脸，他算是给她手里塞了某种处方，但不知为何还是不太想马上回家。沿着林荫路走着，不知不觉间来到了最边上的六号别墅附近。夜色已深，但六号家里仍然亮着灯。

　　他是谈恋爱吗。润成回想起了那次他和正赫的争辩。幼稚、可笑。当时为什么要和他抬杠呢，现在想想害臊得脸直发热。脑海里浮现出了夹在两个男人之间拿着油漆刷不知所措、大汗淋漓的贤雅的样子。皎洁的月光洒在大家共同刷成的白色篱笆上。

　　夜晚的空气很沉重。润成突然觉得好像有人在注视着他，四处张望了一下。从桦树林中传来了草木窸窣的声音。难道又是四号建宇？可是在那次事件后看似和贤雅与正赫相处得很是愉快的年轻人不应该在这个时间潜伏在这里。最近日常生活被打破了秩序，看样子神经过敏症要犯了。润成把手搓热，放到了闭着的眼睛上，他想放松片刻。

这时，响起了什么东西在跑动的声音。润成吓了一跳，连忙回头看。他确认是有个人正在朝他跑来，一边有点安心，一边又感觉有种新的不安。是贤雅。

"等等，大叔！"

贤雅跑到了润成的跟前。因为马不停蹄跑来的缘故，她气喘吁吁的，手拄着膝盖大喘着气。润成看到了她的脚指头，露在拖鞋前面的脚趾是光着的，通红的皮肤上沾着小雪花，应该是跑的时候溅上去的吧。润成的眉头一皱。

"你这是干吗呢？大冬天地光着脚。"

"大叔才是，这是干吗呢？"贤雅向前伸出了纸条。

"大晚上地找来，一句话也不说，就把这么个东西塞给人家，扭头就走？"

　　贤雅哈着气，站得笔直。目光炯炯的贤雅挑衅地望着润成，让他有种想要后退一步的冲动。但是无论如何都不能服输。他还没有意识到，是一种怎样的情感在汹涌而来。然而他可以确定的是，的确有某种东西正从远处向他排山倒海而来。那东西好像要把他一口吞掉一样，张着大口靠近他。他本能地觉得，应该保护自己不受它的侵害。

　　"有问题吗？"

　　润成冷静地开了口。和波涛汹涌的内心不同，脸上没有一丝波动。别说，他对藏起自己的内心、戴上用于社会的假面具这等事还是很在行的。

　　"40万？里面精神损失费是196000千元？"

　　"看得挺仔细啊。"

　　"开什么玩笑！"贤雅吼道，两个肩膀在瑟瑟发抖。

　　"油漆的事我道歉。地毯的费用和打扫的费用我都可以承担。臀部治疗也可以。我没有主动提出来，是我的失误。但是，这也不对呀。"

"哪里不对？"

润成又一次暗中后悔。应该说敬语的。话这个东西怎么就这么覆水难收呢，润成总是忘了加敬语。

"那个地毯是我从印度亲自背回来的。怕托运会弄坏，想扛上飞机被制止了，结果还给地毯买了张票。你走了以后为了擦油漆渍的时候不把地板弄坏，我膝盖都淤青了。难道我要卑贱地把这些细枝末节都说出来吗？"

"再怎么说因为这点小事还索要精神损失费，是不是太过分了？"

"我看到溅在桌上的红色油漆差点心肌梗死了。我估计得少活十年。"

"呵，别撒谎了！"

"我要没有那个桌子就干不了活。如果不干活，就没有钱。最后我会因为一屁股债而被赶出这个家，变成流浪汉，悲惨地死去。那是谁的责任呢？"

"天啊,果然是作家,真能无厘头地瞎编啊。这可怎么办?我也懂点语文,知道诽谤这个词是什么意思。"

贤雅也不服输。千万别被他的嘴皮子给骗了,我要把该说的都说出来,她在心中默念道。

"还有,如果因为桌上有点瑕疵,就干不了活,那是专业作家?交稿时限临近的时候无论是在菜市场还是在葬礼上都要干活的不才是作家吗。别找借口了。"

这是事实。不说别人,她贤雅不也是在被拒婚的打击下还吭哧吭哧地干活吗。即便不吃饭也不能违约,就是自由职业者的宿命。一旦信誉被毁,负债的存折就会来报复她。

"对某个人来说,桌子或是癞蛤蟆也可以成为信仰。因为这些比微不足道的爱情或不完整的人类要可靠多了。"

"如果有那种诡异的信仰,应该刚开始就发出警告。要么在玄关贴上字条,写着大叔有书桌崇拜!"

"是谁乱闯进来上演闹剧的!"

"对了,但是大叔怎么都不说敬语,从上次开始!"

"有意见吗？"

"对！有意见！"

"不服你也赶紧老几岁！"

"太幼稚了！人老还要炫耀！"

贤雅和润成针锋相对。"小学三年级和四年级学生吵架都应该比这个有格调吧。"润成想道，但不知为何不想停下来，这样的自己又让他很是恼火。两个人呼出的气像河边的水汽一样浮动。

"我们这是在干吗呢。进去吧。"

润成自嘲地叹了口气，转过身去。贤雅小步上前，挡在了他的前面，继而一把拉起了润成的手，贤雅的小手冰凉。也许是因为他的手很热的缘故，他觉得贤雅的手更是冰凉。润成好奇，在这个短暂的瞬间，贤雅的手是不是因为自己的手而变得暖和一些呢。

贤雅把结算的纸条放到了润成的手上。

"这是在赖账吗？"

"请给我重新算一下。地毯的价格、抹布的价格、打扫
用的时间、膝盖淤青的半径，都请写清楚！"

她本想与往常不同地，一口气说完就毅然决然地转身。
然而就在贤雅的手要离开润成的那一刹那，润成一把拉住了
她。不管是贤雅还是润成都吓了一跳。无比尴尬的一秒过去了。
贤雅眨了眨大眼睛，用疑问的目光注视着润成。然而不知所
以然的还有润成。把词穷的润成从困境中救出的，是哐的一
下打开的六号玄关门。

"现在出去了就再也不理你了！"

从打开的门里传来了正赫亢奋的声音。润成拉着贤雅的
手，就地坐了下来。他用胳膊环抱住左右摇晃的贤雅，让她
坐了下来。贤雅用更加慌张的表情望着润成。

"您这是在干吗？"

润成用食指挡着嘴，暗示她不要说话。润成偷偷地放下
了贤雅的手。两人正好在篱笆的后面。也就是说，这里非常

适合藏身。润成像鸭子走路般把身子贴到草丛和篱笆后面，向六号别墅那边眺望。贤雅本想立马起身回家，但是由于从六号别墅里突然跑出了一个人，使得她低下了身子。

"亲爱的，你真的要这样吗？"

再次响起了正赫的声音。如润成所说，好像是在和恋人吵架的样子。贤雅回忆起了那个羞涩地说自己有约会对象的正赫的脸。这种情况下的确没法突然出现，贤雅决定再挨一会儿冻。望着六号的润成用饶有兴致的表情向她做着手势，但是她不想以卑劣的好奇心揶揄着偷看别人的私生活。贤雅绕到润成的旁边，背对着篱笆坐了下来。

"原来如此。"

润成的话像叹气一样。仿佛他站在复杂迷宫的入口处。

"肯定是因为在恋爱啊，大叔肯定想象不到。咱能不能别再偷看了？"贤雅指责道。

润成默默地注视着六号。眯着眼睛的脸非常奇妙。这大叔是不是在写偷窥癖、受虐狂这种变态小说呢？再怎么接触他，也没有办法猜出他写作的性格。

“稍等一下！”

正赫的声音离得很近，应该是追到了门口。贤雅在心里为他打气。吵嘴的恋人。许久没有感受到这种甜蜜了。真是令人奇怪。当自己站在战争般的恋爱中心时，觉得好像天要塌下来一般地累，而在远处旁观别人的恋爱时，又觉得一切都是那么地美好。

“进来聊聊吧。”

看来他的恋人气坏了。正赫一直在说服人家。“是呀，冷死了，别让人伤心了，赶紧进去吧。那样我也才能进去。”贤雅背对着现场，心里自言自语着，嘴角上扬。就在这时候，鼻头感觉痒痒的。

贤雅立刻捅了一下润成的腰。润成看到了贤雅龇牙咧嘴的样子。左眼闭上了，脸颊在发抖，鼻孔伸缩着，嘴巴在慢慢张开。那是要打喷嚏的前兆。

"阿……阿……阿阿阿……"

"不行！"

润成把贤雅的头一把拉过来，紧紧抱在了怀里。幸好，贤雅的喷嚏在润成的拥抱中消散开来。这女人，每次都让人很烦。润成把抱着贤雅的胳膊松开。他不想被她觉察到自己的窘迫而慢慢地移开了身子。这时，贤雅紧紧抱住了润成的腰，再次投入到了他的怀抱。

阿嚏——缓缓抬起头的贤雅，脸上挂着难为情的微笑。

"今天也是薰衣草啊。"润成没有回答贤雅的话。好似因遇到了拿着手枪的强盗而投降一般，他的心已经是毫无防备的状态。

"今天我先走了。下次再说吧。"

无论人家如何哀求、威胁、挽留都一直保持沉默的正赫的恋人终于开了口。但是很奇怪。从远处传来的模模糊糊的声音的主人公，是个男人。

"下次什么时候？你这么一走，肯定又会躲起来。动不动就潜水、闹一闹就消失。我累了。你今天也逃走的话我们真的完了。"

　　"那怎么办。没有答案的问题，我们怎么聊都不会有办法解决。"

　　那的确是充满疲倦和悲伤的男人的声音。贤雅无法忍住好奇心而透过篱笆向六号那边望去。一个身材一流的男人的背影映入眼帘。在板正的男人的背影前，是正赫那张恳切的脸。

　　"确实没有答案。"润成低声说道。

　　"所以才到了单身之家呀。"贤雅回答。润成看了看贤雅。她的眼窝已经湿润了。

　　"你不会在同情他们吧？"

　　"不，我是有共鸣。我对艰难的恋爱代入感特别强。"

　　按贤雅现在的心情，她都想去给两人的影子披上外套。

　　"多痛心啊。好不容易来到这里，结果禁止谈恋爱，恋人又老想逃跑。"

　　贤雅的叹气声随风飘散。

"那你说怎么办？难道要结婚吗？我搬到这里来，咱开始过日子吗？"男人说道。

"为什么总是觉得不可以呢！"正赫的声音在颤抖。

"你倒轻松。家人，朋友都觉得没问题。"

"对我而言，最重要的是你。"

"那你还一直在逼我。我给那个人造成伤害后才过了多久啊，我和你就……你给我一点时间吧，怎么一点耐心也没有呢。"

男人疲惫地捋了捋头发。正赫一副受了委屈的模样。爱情，怎么会如此残忍。那是绝不会达到完美平衡的心灵的跷跷板。那个爱得更多的人必须坐在因自己的重量而倾斜的跷跷板的一端，一直抬头望着另一端那个爱得稍少一些的人。为了离得再近一点而用力蹬腿也是一瞬间罢了。更努力的依然还是那个爱得更多的人。

因为爱得更多而伤得更深的正赫，他的脸变得越来越暗。他目不转睛地看了一会儿恋人的脸，然后用无比低沉的声音开了口，好似沉到深深湖底的石头一般的声音。

"因为我爱你。因为爱，所以不安。好不容易得到了你的心，怕你又跑掉。我害怕……"没等他说完，恋人的嘴唇贴在了他的嘴唇上。

看两个大男人接吻还是生平第一次。是要慌张呢，还是若无其事呢，贤雅不知所措。

"呵，我就说很烦么，还得偷看人家接吻的景象。"

一动不动地看着此景的润成开口说道。贤雅莞尔一笑。第一次觉得这个冷酷的、为所欲为的、刻薄的大叔看着还不错。

"本来嘛，那些叫嚷着爱情是坟墓的单身，都是吃不着葡萄说葡萄酸的。"

贤雅不去理会润成的嗤之以鼻，转身去看两个人的背影。虽然有点令人难为情，但那确实是个美丽的景象。很好奇正赫的恋人的样子，莫名觉得他一定是个很不错的人。然而贤雅还是回过了头，并思忖着总有一天要帮着正赫向美仁提议把禁止恋爱的条款删除。

在热吻过后的两个男人回屋后，贤雅和润成起了身。在两人藏着的地方，雪已经融化了一块。贤雅捡起掉在地上的纸条，递给润成。

"请拿回去。"

润成没有办法伸手，他怕又想去拉住她的手。贤雅的脸因寒气而通红，那是让人想去亲吻的红晕。润成没有回答，把脖子上的围巾解开，扔给了贤雅。确认贤雅下意识地接住了围巾后，他立刻转了身。

"我重新给你算出来，等着吧。"

"这是？"

"给你了！"

润成留下冰冷的一句话，大踏步走开了。贤雅歪头回想了一下，那个背影，好像在哪里见过……这个围巾……是在哪里呢？给你了这句话？

"啊，那个墨镜！"

贤雅拼上了那块小小的拼图。

Chapter Fourteen·······如果还有爱，不爱多浪费

—

小颖是单身没错，
但她并不拒绝爱情。

在这举步维艰的人生中如果连恋爱的慰藉都没有的话，
那岂不是很悲催么？

小颖享受着别人带给她的爱情和献身，
但仅此而已。

爱情，
很美好，
但是"认真"让她害怕……

—

小颖埋着头，大口地呼吸。男人的胸膛把她的脸完全蒙住了，令人窒息。每每去闻他的体香，都是一件让她神魂颠倒的事情。小颖能感觉到环绕着自己的长长的胳膊。拥抱会让一分钟变成永远，让十分钟变成片刻。拥抱比接吻强多了，小颖一直是这样认为的。

总觉得像个小孩的建宇在她眼中变成男人的时刻，也正是他用长长的胳膊和宽宽的肩膀把她抱住的那一刻。"分开前一定要抱抱。"这是小颖的恋爱守则。接受了深情的拥抱后，建宇轻轻地吻了一下小颖的额头。

"你先回去吧。"

呲——小颖的脑中响起了某种东西碎裂的声音。小颖抬头看了看建宇。看到他张着大嘴微笑着。建宇有着如阳光般灿烂的微笑。充满孩子气的眼睛被黑暗遮住了，只有又厚又大的嘴唇在鲜红地放着光。

是个梦。当意识到了这一点，围绕着小颖的温暖的空气瞬间消散。建宇从来不会让对方先走。这是建宇的恋爱守则。他从没有见过小颖的背影。总是给她看自己的背影，并要无数次地回头招手。所以说，现在他向小颖告别，应该就是在发表声明，说这回是真的再见了。虽然在现实中小颖一直希望建宇能对她死心，但这种向自己扑面而来的悲伤让小颖措手不及。

虽然一直是独身，在以后的人生计划里也没有结婚二字，但小颖并不是那种连恋爱也反对的、素食主义者般的独身人士。在这举步维艰的人生中如果连恋爱的慰藉都没有的话，那岂不是很悲催么。小颖享受着别人带给她的爱情和献身。但仅此而已。一旦关系加深了，她就会立刻快刀斩乱麻。让她有负担的，是男人口中的结婚二字和一把鼻涕一把泪的执念，还有越发认真起来的自己的心。好似在听到暴雨预警后把塑料大棚紧紧锁上一样，小颖对这些异常的征兆进行着彻底的防卫工作。其间交往过的男人都在看到结婚这个障碍物后全身而退，但建宇不一样。在她毫无负担地哭过笑过后，最后一个信号在小颖的心中鸣起了警笛。那是让小颖害怕的真心的火花。就是因为这样，她才想尽办法分了手，大气也不喘地逃掉了，但没想到还会做这种梦。

　　一股液体从被黑暗遮住的建宇的眼睛里流了出来。小颖能感觉到身子不听自己的使唤，转了身，在径直地向前走。离他越来越远。她能看到他那注视着自己背影的目光。虽然她背对着他，却依然能看见他。小颖不仅是正在远离他的自己，还是从空中俯瞰二人的场外观众。一滴滴的鲜血流到了小颖的脚下。低下头，看到胸口上有一个大大的洞。小颖把手伸进了胸膛里，心脏不见了。

——

　　发潮发霉的味道让小颖睁开了眼睛。胸口一阵发麻，好像心脏被掏空了一般，继而一阵剧痛传遍全身。当她只能闭上眼睛强忍住的剧痛过去后，她看到了天花板上的几何图案。

"乡下的医院怎么都一个模样。"

有口香糖印子的地板，发潮的床垫。如果让我来负责的话，我能给他们装得焕然一新。每次小颖在乡下的急诊室里睁开眼睛，都会如是想道。

她需要咖啡。两杯苦苦的美式。每次打了止痛剂，都会觉得很渴。小颖不时地有种想在自己虚弱的腰椎间盘里倒满咖啡的想法。没准那样的话，她那个每完成一个任务后就会垮掉的不争气的老腰会因为咖啡因而振奋起来呢。别委屈了，我的人生就是这样的。想倒下的时候使着九牛二虎之力硬撑着，而周围空无一人的时候却扑倒在冰凉的地板上。就是这种毫无要领、毫无眼力见儿的人生。

不知从哪里飘来淡淡的咖啡香。

"有看护人……那人一定很开心吧。"小颖嘀咕道。

"有看护人……任小颖小姐一定很开心吧。"

听到有人在学她说话，她惊讶地转过头去。一阵刺骨的痛穿过脊柱。小颖低声尖叫。

"好好躺着。必须打完止痛剂，再打肌肉松弛剂，充分休息过后才能出院。"

建宇把脸凑到了小颖的脸的上方。那是张容光焕发的脸。又大又红的嘴巴照旧，也依然能鲜明地看到浓浓的眉毛下闪烁的黑眸。

"把脸拿开。"小颖冰冷地说道。

"亲我一下就拿开。"建宇撒娇地噘起了嘴。

"别得瑟。"

"那不正是我的魅力吗。"建宇噘起的嘴唇靠了过来。

啪——小颖给了他一个耳光。她避开了建宇的眼神。他现在一定是像小孩子一样委屈的表情。每每都要小颖摸摸他的头才会消失的那个表情。

"意思是你的胳膊能动咯？"

建宇顽皮地抓住了小颖的两条胳膊。他嘿嘿一笑，露出了整齐的牙齿。

"我真的生气了。"

小颖故弄玄虚地说道。但是她知道，建宇会像一直以来的那样，横冲直撞地过来。建宇贴近了自己，双眸中荡漾着碧波。他把自己的额头放在了小颖的额头上，两人的体温温热着彼此。

"不许生病。"

"好傻的一句话。"小颖心想。对着已经卧床不起的人说不许生病。"好，我没事。"也不能说着这些，咻地起身把腰椎间盘突出再按回去。快快痊愈、你好辛苦啊、病好了一起吃好吃的吧……这孩子缺少这种比较现实的认识。所以她才会没有设防。她并不知道，这种不现实的真心是会润物细无声的。因为她从没感受过这种爱。

"年纪大这件事就够让人心酸的了。"

建宇捏了捏小颖的鼻子。

"独居老人最大的敌人就是生病。"

小颖哑然失笑。果然是郑建宇，让人毫无防备。

Chapter Fourteen

小颖用建宇带来的吸管吸取了少量的咖啡因，脑子清醒了很多。建宇坐在为看护人准备的圆凳上，皮套子掉了一块，露出了土黄色的棉花，很是难看。建宇感受到了小颖的目光，他把双腿一抬，咻地转了一圈。

是怎么找到这里的，贤雅在单身之家过得怎么样，虽然有满肚子的疑问，但小颖能说的只有一句：

"你走吧。"

"哇，太过分了。喝了咖啡来劲儿了是吧？"

"你走吧。"

"姐。"

"……走。"

"你对我只有这一句话吗？"

"已经分手了，还有什么好说的。"

"谁说分手了！"

"我已经分了，你正在分。"

小颖闭上了眼睛。每次告别时，看到建宇的脸都会让她

心痛。还是像梦里一样把我抛弃了吧。但是现实中的建宇会
这样做的概率却是零。快刀斩乱麻一直是小颖的份。不管她
痛了、垮了、断了，她能带走的只有腰椎间盘突出。

　　"我……"

　　"你也会马上理清的。一般被告知分手的人要到最终死
心都需要一点时间。"

　　"我不会的。"

　　"单身之家也是你搞的鬼吧？"

　　没错。把单身之家的申请表拿给小颖的是建宇，在美仁
的办公室一直待到亲眼确认小颖被选上，死皮赖脸地缠着姑
姑让他住到她旁边那家的也是建宇。他单纯地以为，如果住
在一个社区的话，一直通过字面和材料来调查小颖的美仁也
会改变自己的想法。更重要的是，他想住在她的身边，一起
不分彼此地吃冰淇淋，为她修理下水管道，和她亲昵地约会。
他觉得这样就可以抓住那颗一直想要把他推开的心。都说想
要忘记一段爱情，就要开始新的爱情。他确信，能治愈小颖

的只有他郑建宇的爱。然而随着建宇越来越确信这一点，小颖却越来越经常想到结束。

"我要睡一觉。要是我醒了你还在的话，我立刻出国。我要去你绝对找不到的地方。"

小颖闭上了眼睛，感觉一直有建宇的影子，所以把胳膊放到了眼皮上。睡一觉就能忘掉了吧。那个孩子来找我的事，还有他爱过我的事。小颖把眼睛又闭紧了一些。

"我……"

建宇看着顽强地拒绝自己的女人。患者服外露出了细细的胳膊，这个女人的骨头里一定也满是洞洞。孤单和自责的凉风把她吹得冰凉。"只要允许我抱她，爱抚她就可以了呀。"建宇想着素未谋面的十五年前的情敌，握紧了拳头。

"我和那个男人不一样。"

小颖沉默不语。

"我爱你的方式和他不一样。"

小颖的呼吸依然很均匀。建宇忽然有种冲动，想躺在婴儿般均匀呼吸的小颖身边。爱得越深，建宇就越想睡在她的身边。

"没错，我哪儿都不好。又小，又不懂事，没怎么爱过别人，达不到姐姐的要求。我知道姐有多担心。和我也可能会失败。但是姐……尽管是这样……"

爱得更多的罪人连想要靠近对方都要得到许可。爱得更多的人会受伤也是因为如此。因为无法弄倒用坚硬的墙来武装自己的恋人，却又被自己那滚烫的爱情给烫到。"让我等，我就等，让我回来，我就回来。只要不是让我走，我就做好了付出一切的准备……"建宇想要的，是贴近小颖的灵魂。他的声音微弱地颤抖着。

"尽管是这样，难道不能和我一起失败吗？失败了就重新去爱，再失败了再去爱，总有一天能懂得如何更好地失败了。"

小颖纹丝不动。建宇紧握着拳头，擦了擦眼角。

Chapter Fifteen‥‥‥‥‥两个人的孤单，比寂寞更冷

—

盛民醉于酒，
美仁醉于绝望，
故意放纵一般，
这两个人走到了一起，
却各有打算。

美仁拿出体检报告书。

以痛苦应对痛苦，
以恐惧应对恐惧，
这就是人类脆弱的心理。

确认了这一点，
犹豫瞬间烧光。

—

她生活 HERSTYLE

有欲望，能得到

不是故意在入住前见

了她，

美　　　　　　　手都懒得动，所以

就把手　　　　　　　她倾注了毕生的精

力拉扯大　　　　　　废。

"建　　　　　　你这样以后肯定

会后悔的，

美仁　　　　　　沙沙的声音。那

是躺在美仁　　的男人翻身时压在身下的体检报告书。大肠、肿瘤、恶性、怀疑，这些词被揉捏在男人粗糙的手掌下。美仁对这些陌生的词汇呆呆地注视了一段时间，然后用两个手指夹起来，挪开了男人的手。

"啊德哒嘟哒！"

美仁的触碰令盛民古怪地叫了一声，伸了个懒腰。头发像鸡窝一样，肿胀的眼睛还没等睁开，他就嘻嘻地笑了起来。

　　"睡得好不？"盛民俏皮地伸着胡子拉碴的下巴。

　　"挺好的……"美仁难为情地向盛民笑了一下，把被子蒙到了头上。

　　没准是癌症。这个想法让她一下子对盛民投怀送抱。这是个失误。盛民醉于酒、美仁醉于绝望。建宇在埋怨自己，单身之家从第一步开始就弄得一团糟，而从她三十岁起每年都会做一次的体检显示出了不祥的征兆。一切都完蛋了。也许美仁当时是这么想的。

　　而一夜过后，没有什么东西完蛋，美仁的生命也像粗绳一样结实。窗外堆满了下了一晚上的大雪。美仁想把昨夜也埋到那个雪地里。不，是想用剪子剪掉，剪了无数次后放进粉碎机里。盛民只套着一个内裤，扭动着屁股进了洗手间。美仁恨不得发狂。

　　从浴室传来了盛民微弱的哼哼声。美仁用脑袋撞着枕头，反复回顾着昨晚发生的事。重视逻辑和合理性的她一辈子都和冲动保持着距离，然而怎么会发生如此可怕的事故呢，需要找到导火索。她是那种认为一定要找到原因和结果才能解决问题的人。

把微醉的美仁搀扶到家里的那个晚上，盛民俨然是个绅士。第二天早上，美仁看到桌上的烤地瓜和解酒饮料，心想高盛民这个人并不像她想象的那么粗俗和无理，并感到心安。这是第一个火花。

昨晚八点，他正式提出要求，说必须要拿到二号的资料。她闻着他身上的酒味，没有置之不理。第二个火花燃烧了起来。

当他讲述被叫做独士的杀人狂魔害死的孩子的故事时，他们一起流泪，这是第三个火花。当他叹息着说没有给那个孩子的小手里塞任何东西时，她拍了拍他的肩膀，这是第四个火花。这时已然烟雾缭绕，美仁的理性窒息了。

有点担心二号不是独士，同时又怕他真的是独士，盛民如是告白道。美仁拿出了体检报告。以痛苦应对痛苦，以恐惧应对恐惧，这就是人类脆弱的心理。谁更痛，谁更凄惨，这并不重要。两个人都孤单得无法自拔。这才是事实。当确认了这一点，一切的犹豫不决都被瞬间烧光。

Chapter Sixteen···········后知后觉，我爱你

—

模糊不清的感情会在过了一段时间后就变得明了清晰。

爱情尤其是这样。

几个不起眼的偶然会被命名为惊天动地的命运安排，
这都是在爱情结了果之后。

—

润成刚刚在跑步机上跑完了十公里。整整一个小时，中间没有停。汗如雨下。当他气喘吁吁地从跑步带上下来时，突然腿发软，膝盖着地，栽了个大跟头。胳膊肘碰到了跑步机的接缝上。皮肤被划破的感觉很明显。在令人发麻的刺痛中他回忆起了那个晚上，在他怀里散开的她的喷嚏。

阿嚏，那呼出的气穿过他的胸膛，震遍了他的全身。那个把她的小脑袋抱在怀里的夜晚，全部的五感变得再次清晰起来。紧紧拉住他侧腰的那个冰凉的小手的触觉、抬起头看向他时那满眼星光的眼眸、被寒气吹得通红，好比红晕般可爱的脸蛋。

见鬼，那是心动。润成终于明白了和她第一次四目相对时向他汹涌而来的到底是什么。是该死的心跳。一直在警惕，还故意摆出冷冰冰的态度，然而心动还是像浸湿了脚趾的波浪一般侵占了润成的堡垒。感情这个东西，刚开始是从脚趾，接着是膝盖，再后来会在不知不觉间扑向全身。润成想给自己突突跳动的不争气的心脏狠狠地来上一拳。

然而还有他不知道的东西。当他意识到自己对贤雅的危险征候后，他所做出的举动，比如找茬、递出无理取闹的结算纸条，一切的一切都是出于想要接近她的本能。看似为了疏远而拉起的警戒，实际上表明了想要靠近她的真心。润成自己还并不知道。

————

"不是吗？好像是呢……"

贤雅站在镜子前，手里拿着墨镜反复地戴了又摘、摘了又戴。脖子上依然围着留有润成体香的围巾。在不堪回首的婚变记忆中，让她唯一感恩的瞬间就是和在紧急出口处遇到的男人度过的五分钟。现在想来，当时的贤雅确实魂不守舍。一般人看到疯女人能做出的反应大约有 4 种：1. 嘲笑；2. 指责；3. 同情；4. 不理睬。

人都会有那种时候，连温暖的同情之语都让你觉得有负担。因为你的心已经疲惫得连感谢别人善意的力气都没有了，所以只希望自己像被人随意踢开的石头一样被人置之不理。那天那个男人没有嘲笑、没有指责、没有同情她，只是像越过一个石头一样越过了她。虽然润成只是觉得麻烦才避开了她，但他那种把穿着婚纱的贤雅当成巨石般的障碍物的态度正是当时的贤雅所迫切需要的。而在婚变和绝望的深渊中贤雅领会到的唯一的关怀，就刻在了他当时扔给她的太阳镜上。

"难道是因为这样吗……"

贤雅打一开始就没觉得润成不好相处，也没觉得他讨厌。虽然他刻薄、冰冷，但从来没有过要远离他，或者要防备他的想法。说来也奇怪，和他在一起很自在，也会莫名地依赖他。回想一下就是这样的。往往，当时模糊不清的感情在过了一段时间后就会变得非常的明了。一切都是马后炮，爱情尤其是这样。几个不起眼的偶然会被命名为是惊天动地的命运的安排，这都是在爱情结了果之后。

　　"姐姐！"

　　敏雅的呼叫声从厨房传来，这丫头干脆买了个小摩托每天都过来签到。每次都买来一大筐的食材，说是做什么"为了正赫君的胡桃派"、"和正赫君相匹配的意大利千层面"，把厨房弄得乱七八糟。反复的试验经常以失败告终，用那么多的原料能做出一人份就不错了，而且经常这一份也不好吃，被敏雅径直送进了垃圾箱。每当这时候，贤雅都会喊道："还不如扔到我嘴里呢！"偶尔成功的"永远的正赫草莓蛋挞"或"融化正赫君的巧克力熔岩蛋糕"都被敏雅精心地装在漂亮的盘子里，屁颠屁颠地送到正赫家门口。

　　贤雅在妹妹的以死相逼下也没有透露正赫的电话号码，并且因怕她失礼，每次当敏雅出门的时候都会给正赫发一个警告的短信，所以就算敏雅到了他家门口也很难碰到他本人。即使是这样，敏雅也没有放弃，这不，正在哼着小曲计量强力面粉呢。今天的菜单是"正赫君心中盛开的香草纸杯蛋糕"。

　　"又怎么了？"由于厨艺不精，敏雅会经常呼唤贤雅。

"我鼻子下面好痒啊，给我挠一挠呗。"

"什么？"贤雅大惊失色，而敏雅像只狒狒一样拉长了人中走进了她，所以就勉为其难地给她胡乱抓了抓。

"你觉得就你这厨艺能抓住人家的心吗？"

"即使厨艺差，还是很用心地去做，男人自然会很感动的。而且就算不拿给他也好。因为我在烘焙的时候能感觉到自己的爱变得更深了。"

"你才见了他几面啊，别一下子就爱不爱的。"

"短则 30 秒，长则 4 分钟。"敏雅好像背菜谱一样说道。

"什么？"

"说的是决定喜不喜欢一个人的时间。这是某个研究得出的结论呢。再给我一点时间吧，不是暧昧就是拒绝。其实心中早就有答案了。一见钟情又怎么了？"

"只能越来越失望。" 贤雅绞尽脑汁想出来的话也就只有这句了。但是贤雅自己也明白，比谁都能一见钟情的就是她自己。爱情就好比科幻小说，一旦下了决心要冒险，便会在那一瞬间出现一个超越时空的小洞。不管是被外表迷倒，还是被气场征服，一旦设置了爱情为终点，那么对方的缺点、他的真相、他全部的人生都好像被吸进黑洞般被抛到另一个世界。

然而这里有敏雅不知道的东西，如果就因为那个第一感觉而无视了许多警笛的话，很可能会在激浪中被甩掉。为了证明自己对爱情的坚定，用自己的双脚走进地狱的愚蠢之人又是何其地多呢。这种愚蠢的代表就是贤雅自己。敏雅全然不顾充斥在贤雅心中的无数失败的恋爱经历，依然兴高采烈的。

"只为一个人倾注全部的精力，这真是件令人开心的事。那本书叫什么来着？说一旦付出了就会变得特别的书。"

"《小王子》。"

"OK！那就在蛋糕上画个玫瑰看看？"

贤雅回想起了在唯美的星空下接吻的正赫与他的恋人。敏雅正挽起袖子有节奏地发着面。我妹妹居然还有这一面，她看到了一个崭新的敏雅。虽然是手足，但是平时的磕碰和争吵让她们没有机会仔细地关注对方。对无关紧要的他人倒是很宽厚，却对自己的妹妹说着"咱俩不一样，我反对"这样的话，划清了界限、熟视对睹。贤雅只能选择沉默，为了没有告白的正赫，也为了正在不断告白的妹妹。

"完了！"

一直盯在烤箱前的敏雅大喊。把润成的墨镜放在面前，正聚精会神地画那个狗作家的草图的贤雅立刻跑进了厨房。

"都是玫瑰惹的祸！"

敏雅一副要把烤盘掀翻的样子。贤雅连忙抱住了她的腰。

"冷静点！我来扔！"

气急败坏的敏雅一阵旋风般跑出了房间，贤雅则开始慢慢地整理厨房。仿佛四处撒落的玫瑰花瓣一样，厨房地板上到处是倒扣在地上的纸杯蛋糕。

———

敏雅正在折回单身之家的途中。刚才在气头上,把自己的摩托给忘了。居然做出了姜贤雅能做的事,这一点更让她气愤。被树林层层环绕的单身之家俨然是一个要塞。只有里面是灯火通明的,外面则由黑压压、郁葱葱的树林像御前侍卫一样严密地看守着。

"我怎么才能进去嘛!"

敏雅抬头望着刻有"单身之家"的木牌子,大吼道。继而开始愤慨地对着支撑木牌的沙松踢了起来。正当她为了解气,绕着圈子一顿狂踢的时候,一辆红色的迷你库柏呼啸而来。

"正赫君!"

一定是他。据贤雅所说,这村子里住着两个老不朽、一个怪人、一个小孩还有正赫君。能开那种酷炫的车的只有一个人。红色迷你库柏径直开进了单身之家。敏雅也跟在车后跑了起来,想即刻去确认一下自己的命运。

命运就是这样一种东西，一旦对你残酷起来便会没完没了。敏雅正在亲眼目睹自己的人生能纠结到何种地步。看着从车里走下来的卿卿我我的恋人，敏雅立马堵住了想要尖叫出来的嘴巴。砰，随着车门关闭的声音，敏雅的身子也哆嗦了一下。

二人有说有笑地并肩走进了房间。正赫与恋人进去不久，一直亮着的玄关灯啪的一声就灭了。汽车的发动机部位由于没有完全冷却而冒着白烟。一脸茫然地站在黑暗中的敏雅愤然地握起了拳头，吐出了两个字：

"混蛋！"

Chapter Seventeen‥‥‥‥‥凶手必在我们之中

一

大家怎么也没想到，
这个和爱情绝缘的地方，
有天会和破案扯上关系。

像是接受审判一般，
有人害怕，
有人愤怒，
有人五味杂陈……

一

有点蹊跷。盛民在六号的后院抽着鼻子。篱笆下的积雪已经变得很黑，化得很脏。很明显是有人把路过的痕迹故意弄乱了。盛民蹲了下来，扒拉了几下雪，然后抓起一把，开始捏起雪球。他用左右手分别把雪球捏得紧实，同时用眼睛慎重地估算了一下到窗户的距离。

雪球画着抛物线飞过，撞到了墙上。由于是只用了腕力的轻轻一甩，雪球只是嘎嘣脆地响了一下，就滑了下去。盛民又捏了一个雪球。这次他张开两个膝盖，半蹲了下来。雪球又撞碎了。盛民满意地点了点头。第二个雪球撞到的那个墙的旁边，正赫的窗户碎了个洞。就是一个雪球那么大的洞。他把手插在口袋里从后院走出来，看到单身之家的居民正以忧心忡忡的神情等待着他。

"那个洞开得很漂亮啊，像一朵莲花一样。"

盛民油嘴滑舌地开了个玩笑，但没有人迎合他。盛民仔仔细细地打量起每一个居民。尤其是二号润成站着的样子。他正双手抱胸，歪歪斜斜地站着。那是因为有了烦心事正闹心呢，或者是故意摆出事不关己的样子，盛民如是猜测。

这不是独士干的。是比 178 厘米矮的什么人扔的。即使这个判断是错误的，独士也不会做出这样的小把戏。但是可以以调查此事为借口，对二号进行进一步的了解。指望美仁是没戏了。非但是因为美仁斩钉截铁地说过只能给身份证号，其他财务情报和家庭事项一概不能透露的话，更重要的是在经历了那个夜晚以后他已经很久没能再见到她了。

哐当——玻璃被打碎的时间是昨天大半夜。当正赫跑出来时凶手已经没了踪影。正赫拿起飞进屋里的雪球看了看。外面松软的一层雪融化后露出了一个大石头。心里咯噔了一下。

"其实昨天并非第一次。"

正赫的话一出，大家都吓得在沉默中倒吸了一口气。贤雅咽了一下口水，怕声音太大而用双手绕住了脖子。

刚开始都是鸡毛蒜皮的小事，正赫以为是偶然的事故。

信箱的盖子掉了下来，他以为是螺丝掉了，恋人送他的搬家纪念礼物——花盆被倒扣着，他以为是猫或者风雪在作祟。当在篱笆上发现明显的红色油漆涂着的字母 X 后，他才忽然想到或许之前的事都是有人有意为之。但是他也没有大惊小怪。如果是以往的正赫，他一定会抗争到底。但是现在，他有了想要守护的人。无法在世上任何一个地方栖息的他想把这里变成最后的堡垒。然而最终还是发生了砸玻璃事件，好像在警告他说，这回我可饶不了你。在这分明的憎恨面前，正赫不禁后背发凉，毛骨悚然。

"凶手必在我们之中。"

盛民的一句话令居民们的视线纵横交错。盛民用犀利的眼光望着润成，润成看着大吃一惊地睁大眼睛的贤雅，贤雅则满眼忧虑地望着正赫。正赫用埋怨的眼光看着负责人美仁，美仁则默默地承受着大家的指责。

"凶手不会为了扣花盆、砸玻璃而千里迢迢地上这儿来。而且也没有外来车辆。是这样吧，郑美仁总裁？"

"是的。据确认，昨晚七点姜贤雅小姐的妹妹骑着摩托车出去后就再没有车辆驶入了。"

美仁避开盛民的视线回答道。那天以后，美仁一直在想方设法避开盛民。因为他总是徘徊在美仁家的周围。本以为他是不知天高地厚横冲直撞的风格，却没想到他也有令人大跌眼镜的纯情一面。有一天，盛民手里拿着野花；另一天，拿着没包装的艾糕 ❶，出现在一号门口，围着大门紧闭的房子绕了一圈又一圈。美仁不敢答应他的请求。不忍心说狠话，更不能接受他的心意，所以只能躲着。大部分时间都猫在家里，需要外出的时候还得探索一下对手在哪里，再像逃跑一般地开门出去。因为淳朴和耿直吗，这个对手更让人难以对付。

接到正赫的举报后，美仁想到的不是保安组，而是盛民。当然有她自己的考虑。不能把事情闹大。坏事传千里，不能让那些虎视眈眈地盯着美仁单飞后创立的事业，时刻期待她出丑的人抓住把柄。

---

❶　韩国特色食物，加艾草制作成的糕饼。

"保安怎么还不出动呢？"

正赫问道。虽然听说盛民之前是刑警，但他看着更是鬼鬼祟祟的。

"如果有需要的话，可以联系保安，让他们叫警察。"

听到警察一词后，润成的脸立即沉了下来，盛民敏锐地捕捉到了这一点。

"警察会把我们小区的居民设定成第一嫌疑人展开调查。会详细盘问事发当天的行踪、私人关系等等。大家愿意配合吗？"

"如果说不愿意呢？"

润成回答道，依然双手抱着胸。

"嫌疑人？荒唐至极。"

贤雅能看出来，这回润成是真的生气了。颧骨在发抖，眼角也在细微地颤抖着。那是他绊倒贤雅时的表情。

"我说，财阀独裁社长大人，您知道现在自己在说什么吗？这是要把所有人假定为潜在的犯罪者，要监督每个人的私生活啊。咱这是 88 年 ❶ 军府独裁时代吗？我可记得是总裁您亲口说要最大限度地尊重居民的隐私的。"

"呵，出口成章啊。"

盛民走到润成的面前。他故意放慢了动作，想打乱润成一口气说完的气势。

"不是凶手就得了，怎么话那么多啊？好像心虚一样。"

"您说什么？"

润成和盛民针锋相对。

"就是啊。邻居家里被盗了，邻里之间配合警察调查是一个市民责无旁贷的义务。不至于像你反应这么大吧。"

"还听说之前是警察，您连证人调查不同于嫌疑犯审讯这点常识都没有吗？"

"那作家先生怎么会那么了如指掌呢？"

---

❶ 即双八年。"双八年"为韩国军队用语，指檀纪 4288 年（即公元 1955 年，檀纪是以朝鲜历史为基准的纪年单位，计算方法是在公元年份加上 2333）。现该词用来泛指韩国的 50 年代，指代落后、迂腐的过去。

二人据理力争。

"难道只有我觉得不对劲吗？大家真的觉得这是正常的要求？"

润成环顾四周。除了负责人郑美仁、和她一伙的警察盛民、受害者正赫，就只剩下了贤雅一个人。润成望着贤雅。其他居民也在等待着她的回答。贤雅圆圆的鼻头上冒出了汗珠。

"我……也不希望警察来把居民当成犯人一样审问。"

贤雅用蚊子般微弱的声音回答道。润成差点开怀一笑。不知是因为最后一个居民帮自己说话，还是因为那是贤雅的缘故，总之他觉得有了同盟者。润成直勾勾地盯着盛民的眼睛，说道：

"如果像您说的一样仅是配合的话，可以，但必须是在职警察提出正式要求的时候才可以。说自己是前任警察的那位既然也是居民，那也同样需要被调查。还有您！"

润成突然指向了正赫，这让正赫大吃一惊，他茫然地看着润成。

"别给大家添乱了，好好打点自己的私生活吧。看样子是得罪了什么人，解决问题的钥匙在您自己手里！还有总裁女士！"

这回矛头指向了美仁。

"不知道您要如何负起让居民不安的责任。先道歉，然后好好整顿一下治安吧。如果再有问题发生，那我们这边也要找对策了，不管是举报还是提出诉讼！"

在头头是道的润成面前所有人都无以应答。这氛围也太阴森、太杀气腾腾了吧，贤雅出了面。

"都知道了，今天就这样吧。"

贤雅挽起了润成的胳膊。当她冰凉的手指触到润成的胳膊时，他顿时觉得一排汗毛竖了起来。

"我们先走了。正赫哥，待会儿给你打电话。"

贤雅把润成带走后，美仁、盛民和正赫三人之间形成了一股尴尬的气流。像是被老师严厉训斥过的小学生一样，大家都不禁觉得有点委屈。

"果然是作家，真会说啊。是吧。"

正赫开了口，想打破这个冷场的局面。而盛民则仍然闭口不言，陷入了沉思。

"我们一定会给李正赫先生合理的赔偿。"

"赔偿倒不用，我只是希望这事能顺利解决。"

正赫憨厚的一笑让美仁觉得宽慰。正当美仁点头示意的时候，盛民开口说道：

"任何事件都不会不费周折地就得到顺利解决。"

这个干了二十年的老警官的话让正赫和美仁都面如土色。

Chapter Eighteen·······有一种甜蜜，让人疼

——

"看来是真心想结束这段感情啊。"
建宇的声音颤抖着。
小颖没有去看他。

"结束了。我都说过多少次了。"

"那挺好。"

喉结还在颤抖着，建宇却嘿嘿一笑。

——

“放手。”

到了小路，润成把贤雅的胳膊甩开。一点点的小风也让枝头上的雪四处纷飞。

“这么激动干吗？”贤雅平静地说。

“我只是把不合理的地方指出来罢了。”

“大叔可不是这么拼的人啊。不是喜欢嘲笑、讽刺并能离多远就多远的人吗。”

润成有种挨了当头一棒的感觉。这个女人，也太了解他了吧。

“别不自量力了，好像多了解我一样。”

贤雅噘起了嘴。

“肯定有什么理由……又不是凶手，还过度激动的理由。”

“你这么确定我不是凶手？细想一下和六号不对路的也就只有我了。”

“嗨，因为一次争吵就干出那种事，大叔哪有那种精力啊。多烦人啊。”

润成不禁失声笑起来。

"而且那天晚上大叔不是也对他们感到揪心吗。就是那样的眼神。"

"爱情礼赞者确实值得同情。因为最终都会失败。"

"看来气消了点哈。"贤雅嘿嘿笑道。

"也没生气啊。"

"好久没一块儿吃饭了，要不要一起吃？现在咖喱什么的，对我来说都是小菜一碟。"

"你这人怎么随便找个人都要一起吃饭啊？四号不在家，六号谈恋爱，是不是没人陪你了？"

"啊？您怎么知道我们仨关系好？难道？"

贤雅调皮地转动着眼球，靠近了润成。不识趣的心又开始怦怦跳了起来。就像交稿截止期限逼近时不管三七二十一地写下第一个句子一样，润成差点就道出了一直以来在心中酝酿着用来表白的第一句。

"是想加入吧？想和我们一起玩是不是？不早说！随时

欢迎的！"

"喂！"

"别不好意思。等建宇回来了咱聚一聚。"

贤雅笑着拍了拍他的后背。每次贤雅的手碰到他，润成都要费尽心思忙着掩盖那好似触电般的感受。正当这时，响起了解救润成的电话铃声。是建宇。

"什么？姐姐吗？现在怎么样了？"

"正出院呢。"

电话那头建宇的声音非常洪亮。润成觉察到了在自己的心中悄悄泛起的一种奇妙的情感。"是想加入吧……"贤雅逗他的声音仿佛还在耳边。

不知为何，四号建宇和贤雅很自然地就玩到了一起。如果换做是润成的话，就绝对不会和翻他家、威胁他，还打破了他的计划的人变成朋友。而贤雅确是个"解锁型女人"。微微一碰就可以解锁。起初贤雅总是来他家串门时润成的疑问也是这样的。这女的怎么这么容易就敞开心扉？无论对求助还是对帮忙都全身心付出的她，有着一种能够通过她的开放把一切锁着的东西都解开的神奇力量。

无论是爱情还是友情，在打通心与心的渠道，像电波一样分享心声方面，贤雅非常地豁达和慷慨。润成默默注视着正全神贯注听建宇说话的贤雅的侧脸。建宇的每一句话都能让她的表情发生变化。皱眉、嬉笑、害羞地脸红。好像在看一部电影一样。他突然觉得疑惑，我对面的这个女人是不是像画里的人物一样，是虚构的呢？可能是因为这样吧。他走近了正在打电话的贤雅，伸出了手，摸了一下她的脸蛋。那是一种像梦游一样无意识的举动。

"嗯，好。好好照顾姐。就算她拒绝也一定要让她坐车，嗯！"

贤雅在对着电话嘱咐的同时瞪大眼睛看向了润成。这会儿才回过神来的润成在一秒钟之内经历了编织无数借口的头脑风暴后，急忙打了一下贤雅的脸颊，说：

"粘东西了。"

"什么东西？给我看看。"贤雅也摸了摸自己的脸颊，一脸天真地问道。

"大姐，你还不如怀疑我呢。"润成一边想着一边赶紧做出搓手的动作。

"你有怪癖啊。是不是在厕所上完大号也要观察一下？"

"咦，大叔不那样吗？那可是想长寿要遵循的七条健康守则里的第一条啊。想要过独身生活就要自己照顾好自己不是吗。没有什么能像大便一样反映出我们现在的身体状况了。"

"恶心死了。我今晚不吃了，你爱怎么吃怎么吃吧。"

"为什么？我给你做苹果咖喱！"

润成好不容易才逃开，丝毫没有眼力见儿的某人像大冬天开放的春花一样灿烂地笑着追了过来，他只能跑了起来。怦，怦，心脏一直在跳。

———

"马上停车！"

小颖清脆的声音在车里回荡。

"姐……"

"给我停车，听见没？不停我可自己开门了。"

小颖的手已经放在了把手上。

"知道了，你冷静一点！"

过了晋州岔路口，建宇那刚刚驶入南海高速的高级进口轿车打着双闪，停在了路边。车还没有停稳，副驾驶的车门就打开了，小颖下了车。

"啊啊啊啊啊！"

小颖抓着栏杆，拼命地大喊。一遍，又一遍。建宇就站在小颖的身边，但却不能抓她，也不能抱她。感觉一碰她，她就会散架。她总是岌岌可危的。因此惹人爱，因此也让人无法轻易靠近。

"你凭什么，你算什么！你这个家伙，谁要你把钱给我爸！"

小颖愤然捶打着建宇的胸。建宇就那样静静地站着，任凭她打。小颖觉得她的腰要断了，那也要站着，一直是这样活过来的，而眼前的郑建宇仿佛一把把她的腰肢折断。小颖陷入了恐慌。

她后悔自己那屈服于诱惑的心，并不是因为日以继夜地守候在她床边的建宇。当对她的腰痛不放心的建宇坚持要开车送她回首尔时，装作迫不得已地答应下来的，是小颖她自己。而往往诱惑的代价总是比鱼饵要大得多。

"咱先去蔚山见伯母吧。"

"闭嘴。"

小颖脱口而出，都没有看建宇一眼。根本不用去看，一清二楚的事，寄给他的住院费一定已经在赌局上丧失殆尽了。妈妈和建宇那小子应该是在小颖昏迷于止痛剂的时候联系上的。见鬼，见鬼，见鬼！小颖握紧了拳头，向着空气砸去。

建宇的心变得无比惆怅。这并不是什么难事。建宇手头很阔绰，那些钱没有什么大不了的。如果能抹去她的悲伤，守护她的自尊，建宇做好了赴汤蹈火的准备。

"去首尔。"

"好。"只要小颖愿意，去月球都可以。

一路向前。一旦进了高速，想要再返回的话路就会变得又漫长又复杂。所以说在分岔口的那个瞬间所做的选择是非常重要的。建宇的车画着大圆圈，变换了方向。

"我把单身之家卖了就可以马上还一部分。"

"卖了它你要住哪里啊？"

"我那个公寓还没处理呢。我从那里倒腾点钱出来给你。如果还不够的话，可以贷款。"

"……你一开始就没想来单身之家。"

"……"

"一开始就没想住，所以让贤雅姐替你住进来，对吗？"

"……嗯。"

"看来是真心想结束这段感情啊。"建宇的声音颤抖着。小颖没有去看他。如果现在扭过头去，她就会看到建宇迷离的眼眸、变得通红的鼻尖。"我就喜欢你把喜怒哀乐挂在脸上的样子。"她曾经这样对他说过。虽然经常挖苦他说一点男子汉气概都没有，但她一直想告白说她喜欢他爽朗的笑和干脆的眼泪，如此率真。然而不能给他希望的火种。如果宣告分手的人对对方有需要遵守的最起码的礼仪，那应该就是绝情。

"结束了。我都说过多少次了。"

"那挺好。"

喉结还在颤抖着，建宇却嘿嘿一笑。

"咱去写借条吧。如果不是恋人，那当个债权人跟在你屁股后面也行啊。烦死你。"

"别小孩子气了。"

"我没开玩笑。另外，作为债权人给你一句忠告，现在卖掉单身之家的话你会赔的。不对，你卖都卖不了。签合同的时候是有这一条条款的。"

是的。当初减少入住费用的条件就是要签署这样一条居住条款。为了不让小区变得鱼龙混杂，美仁特意想出这个法子。正好啊，目前手头紧，小颖当时还这样窃喜，没想到那个条款向飞镖一样飞向了自己。

"赶紧把那个公寓处理掉，来单身之家住吧。只有这个办法了。"

还没等建宇的话音落下，二人便驶入了黑漆漆的隧道。

Chapter Nineteen‥‥‥‥并不是因为单相思

—

最近正赫家接连发生各种事故：
掉落的信箱、
倒扣的花盆以及留在篱笆上的红色字母 X。

润成看着眼前敏雅的古怪行为，
似乎一切都有了答案。

—

　　啪——打开手电筒，一束刺眼的光亮了起来。小小的锥子在指尖穿梭自如。手法很娴熟，好像锥子和手指连为一体了一样。锥子的头部是三个锋利的刀刃，好像一个很小的倒着的皇冠。又叫做鼠牙锥。

　　手电筒照去的地方停着那辆红色的迷你库柏。锃亮锃亮的，看来它的主人在大雪天里也没忘了洗车。握住把手的手上吃紧了力，锥子立了起来。一步一步靠近猎物的鼠牙锥好像在提前预备接下来的欢喜一般颤抖着。锋利的三个刀刃发着阴森的冷光。

　　"住手！"

　　背后传来了男人的声音。锥子的主人被这声音吓得惊慌失措，还没来得及跑开，就被一把抓住了肩膀。反抗地挥了挥手，但立刻被制止了。

　　"是敏雅吧？姜贤雅的妹妹姜敏雅。"

　　"谁呀？"

　　敏雅大惊失色。不是老不朽的，不是正赫，也不是年轻的建宇。那么一定是那个怪人了。

"要搞恐怖活动，这排场也太小了点吧。"

"和您有关系吗？"

为了和迷你库柏保持安全的距离，润成把敏雅带到了路尽头的长椅那里。

"你扣花盆、刷油漆、砸玻璃、划车能起什么作用啊。还不如烧房子呢。"

"您有证据吗？拍照片了吗？"

"砸玻璃的时候，是不是扔了三次才成功？连那点本事都没有，还不如用棍子砸呢。太笨了。"

"大叔怎么回事？是在跟踪我吗？是不是变态啊！"

润成叹了一口气。本想出门，在远处看着送妹妹出来的贤雅，结果却成了恐怖现场的目击者。但他不能说出来。

"总之，你这种幼稚的把戏把整个小区都弄得人心惶惶的。别扰民了，赶紧住手吧。"

"我不会罢休的！绝对不能原谅他！"

敏雅愤慨地喊道，两眼放着凶光。

"苦苦单相思的家伙原来是个同性恋，是挺打击人的。但是也没必要报复不是吗？"

他听贤雅说起过，妹妹喜欢上了正赫，隔三差五地来访，但是不知从哪天开始变得明显地郁郁寡欢，好像是在追着他乱跑的时候知道了真相，但是贤雅也没办法和她开诚布公地说这个事。想到这些话，润成便可以解释自己眼前敏雅的古怪行为了。

"不是一般的同性恋。大叔知道什么！"

"是不一般，是你爱上的同性恋。总之如果你发誓就此罢手的话我就当没看见好了。"

"我不是说过吗，我绝对不会罢休的。"

"呵，不行了，两姐妹都这么不听话。"

润成站了起来，他对用警惕的目光看向他的敏雅宣布道：

"现在立刻去六号那里。向他道歉，解释清楚。我看那样你才能罢休。"

"我不！"

"那叫警察了？"

"叫就叫吧！如果警察来了，我要把大叔跟踪我的事，还有那个男人犯下的错误都揭发出来！"

"那你姐姐成了什么人！"

润成大吼一声。

"还是亲妹妹呢，一点也不考虑姐姐的感受。"

"那大叔现在是为了我姐这样的吗？"

润成吸了一口气。虽然不听姐姐的话，但这孩子看着比姐姐有眼力见儿。

"起来，赶紧去做个了断。"

"我说过我不！"

没办法，只能用蛮力了。润成挽起了胳膊，一用力，青筋暴起。

———

"那是真的吗？"

同一时刻，贤雅正在从上门拜访的盛民那里听着骇人听闻的故事。什么新月、什么杀人，和贤雅平常的世界完全没有交集的词语从盛民的嘴里冒了出来。

"姜小姐不也看见他新月状的伤疤了吗。"

"那倒是……但是也不能靠这个断定他就是凶手啊？这世上有多少人在同一个地方有相似的伤疤呀。"

"这个叫崔润成的男人，过去十年都没有社会活动记录。"

"作家又不是上班族，大部分都是这样的吧。"

"演讲、访谈也没有，没有任何正式活动。你说这是为什么？不是因为需要掩藏身份就是因为有不为人知的过去吧？你也看到了，一提到警察，他就很反感，睥个不停。"

根据身份证和名字调查的朴警官是这样说的。只要再调查一下税务或资金来源就能摸清楚了，但是没有逮捕令就没有办法走到那一步。盛民心急如焚。

"大叔您是百分百确定了他是凶手吗？"

"心证不能当成证据，所以我想拜托姜小姐，上次看你们挺熟的，有没有道听途说到什么，或者有没有什么觉得可疑的地方？"

贤雅回想了一下这段时间发生的事情，但是任凭她如何回想，都没有可疑的感觉，反而清晰地记起了他那落寞的脸和相比他的话要温暖许多的手。都说人只能看到和记得他所相信的东西，但贤雅无论如何都不能把润成和惨无人道的杀人狂魔联系在一起。

"不像是那种人啊……"贤雅支吾着。

"光看外表是看不出来的。"盛民决绝地说道。

"那倒是，可是……"

我总觉得自己很了解那个大叔。她想这样回答，但她也知道没有词语能确切地形容这种茫然。就在这时，一阵不吉利的电话铃声响了起来。

"让敏雅把空的保鲜盒带回来吧。"

是爸爸打来的。到这里还好。

"敏雅白天就回去了呀？"

"说什么呢，五分钟前和她通话，她说还在你们小区里。"

开始有点不对劲了。

"那这孩子去哪儿了？我看她不接电话，以为去洗手间了呢。"

"可能去哪儿玩了吧。我给她打电话。"贤雅装作若无其事地挂断电话，瞬间面色苍白。

"怎么了，妹妹还没到家吗？"

"几天前，二号大叔向我打听过敏雅。一般几点来我家，几点回去，怎么过来，怎么回去。"

盛民目光如炬。贤雅猛地站了起来，走到窗边，望向二号别墅那边，一片漆黑，应该是在写作。他说他只有关了灯才能写作。但是现在想想，也许所有的一切都是幌子，没准他每晚都在跟踪敏雅。

　　"咱们先出去吧，继续给妹妹打电话。"

　　盛民把外套拿起来，贤雅也急忙跟了出去。一开门，一阵冷风迎面扑来。

———

　　"不许动！"

　　看到眼前张开圆嘴的枪口，润成觉得很是无语。对贤雅也是一样。她用手捂着嘴，站在用悲壮的神情瞄准他的盛民背后。他本来不想让贤雅知道这些，因为她肯定又会受伤。

　　"赶紧放开女人，把手放到头上！"

　　在盛民的叫喊中敏雅发出了呻吟声。她的脑袋被润成的右胳膊紧紧夹住了。

　　"还没了解情况吗？独士，你完蛋了！"

　　"独士？大叔，做梦呢吧？把那东西放下，我觉得很不爽。"

"空包弹也是枪，懂吗？咱们别见血了。"

"您这是说什么呢？真是要疯了。"

有点不太寻常。盛民的目光过分地严肃认真，而贤雅的眼睛里充满了恐惧。出于本能的自我防御心理，润成觉得不能放掉敏雅。他往胳膊上加了力。太阳穴受到压迫的敏雅用拳头不停敲打着润成的腰部。无论他如何绞尽脑汁，这样一个场面都完全超越了润成的想象和常识。

"请放了我妹妹！"

是贤雅。她对簌簌掉下的眼泪毫无察觉，大声喊道。

"大叔，求您了。我们敏雅，放了我们敏雅吧！"

润成哑然。她像一个惊弓之鸟，那是对他的惊恐。胳膊不自主地没了力气，好不容易逃脱润成魔掌的敏雅即刻飞奔到了贤雅那里。

"姐姐！"

"敏雅！"

贤雅放声大哭，抱紧了敏雅。"姐，你这是干吗呀……"

不管敏雅怎么推脱，她还是抱紧了妹妹。

"立刻把手放到头上！快！"

润成根本没有听进盛民的话，他只是在一动不动地望着贤雅。贤雅流着泪，不停地抚摸着敏雅的脸，并向他投来了充满怨恨的目光。

"不对。"

润成向前一步。

"不许动，真的开枪了！"

"哪里有问题，不是三号想象的那样。听我说！喂，小妹！你来解释。快点！"

敏雅看了看润成，他一脸迫切。贤雅也用催促的眼神望着她。敏雅停顿了一会儿后说道：

"那个大叔绑架了我。二话不说，就用蛮力！"

"喂！"

贤雅和盛民没有看到敏雅向咆哮的润成吐了吐舌头。对杀人、嫌疑犯等等全然不知的她想让润成吃吃苦头。润成把手插进了兜里。

　　"不许动！"

　　盛民的叫喊也没有用。润成从兜里掏出了头号证据——锥子。继而，一声震耳欲聋的枪声响彻在单身之家。是盛民朝天空放了一发空包弹。所有人都像在真空状态一样，耳朵被震得嗡嗡响。贤雅看到了堵住耳朵的润成，也看到了扔掉手枪扑向润成的盛民。不知是锥子还是什么东西闪出了一道光。盛民用膝盖压住了润成的脑袋，并向后折他的胳膊。贤雅看到盛民把润成的手腕拧成 X 字，并铐上了手铐。润成的嘴好像在尖叫般张得很大，但并没有听到声音。在润成扭曲的脸上，耳边那个小新月一样的伤疤看着比第一次见他时更明显了一些。呛人的火药味刺激着鼻子。

　　　　　　　　　　——

　　润成不禁龇牙咧嘴，有种刺痛的感觉。当他被盛民压倒时，掉在地上的锥子扎进了他的侧腰。好像被鼠牙咬了一样，从三行伤口里流出了鲜血。新来的警官拿来急救药箱，给他抹了消毒药。润成的双手依然铐着手铐。

警察局里又热，又乱，又嘈杂。除了润成之外的所有人都像抱着定时炸弹一样跑动着。在上完了药的新警官也跑开后，润成独自一人坐在满是材料的书桌前。能看到盛民和朴警官正在储物柜前严肃地谈论着什么。盛民偶尔会大发雷霆，朴警官为难地揉搓着双手。过了约莫十五分钟后，朴警官和盛民走到了润成面前。盛民的眼睛里布满了血丝。朴警官默默地解开了润成的手铐。

"我说得没错吧？"

"非常抱歉。因为事情实属罕见，我们也不知道该怎么解释。"

朴警官向盛民使了个眼色。盛民咬着牙，低下了头。

"对不起。"

日期和医院都没有错。十五年前，润成在过没有信号灯的人行横道时，被出租车撞了出去。车灯碎了，碎片四溅，溅到了润成的胳膊和腿，还有耳朵旁边。恰好是新月状的碎片。

"的确很像。"

润成揉着手腕，看着桌子上的肖像画。

"无言以对。"

盛民依然低着头。润成请盛民起身。

"那家伙一定是混蛋吧。让您辞职了还那么想抓到。"

盛民的喉咙瞬间变热了，有种想哭的感觉，他好不容易才点了点头。

"那就行了。即使没被抓到，那家伙也一定承受着另一种惩罚。就这么想吧，大叔。"

盛民许久无法平复情绪，身子瑟瑟发抖。不知握拳用了多大的劲，手指变得煞白。朴警官替盛民开了口：

"他已经死了。从杨平的癌症患者疗养院接到了举报。在他们那里呆了十年的患者死了，说他留下的日记非常蹊跷。"

那本日记中记录的事件，若不是凶手一定不会知道。他甚至连警察局叫他独士这件事都知道。没有任何悔过，没做任何忏悔，只是像平静地写下回顾自己一生的自传一样记录下了自己的罪行。没有要给谁留言的话，也没有遗言。因为他没有家属，医院在代替整理他遗物的时候发现了这本日志。178厘米的身高、消瘦的体型、板正的脸、纤细的眼睛、寡言的性格。这些让他在医院被叫做"两班"。朴警官接到举报后立刻到杨平收集了证据，那是距公诉时效仅剩下一周的时候。

"今早才了结了这个案子，本来想晚上和前辈边喝一杯边说的……"

"别说没用的了。"盛民用低沉的声音说道。

"您可以回去了。再说一遍，非常抱歉。"盛民用颤抖的声音说道。什么地狱啦，什么遭天谴啦，这些话又有什么意义呢。润成没有多说，转身就走。这就是他此刻能做的最大的努力。

当他回到单身之家的正门时已经快后半夜了。当润成从出租车上下来，他看到了在门口等待他的贤雅和敏雅。贤雅用督促的目光看了看敏雅，后者弯下了腰。

"非常抱歉。"

"对不起，大叔。"

贤雅也鞠了一躬。

润成没法轻易开口，不是因为他没话说。一天看到好几个人的头顶不是什么让人愉快的经历，尤其当它是道歉的头顶。他认为这是一种暴力。犯错误，给人造成伤害，然后说声抱歉，给人看一下头顶，就强迫对方原谅你。

原谅完全是属于个人的东西，并不是像自动贩卖机一样，只要对方按下反悔的按钮就能出来 800 块钱的原谅的。要知道原谅一个人需要时间，需要沉淀。

"这家伙犯错误让大叔麻烦了。"

"我生气不是因为那个。"润成想这样说。

"受伤了吗？"看到被锥子划破的大衣，贤雅忧心忡忡地问道。

"真正受伤的不知道是我的身体还是我的心。"他想这样回答。但是实际上从润成的嘴里脱口而出的是比锥子还要尖刻的话：

"我累了，你们滚吧。"

"大叔……"贤雅泪眼婆娑。润成不想看到那张受伤的脸。他大踏步走过了贤雅姐妹。

"是我做错了。我姐只是担心我罢了，为什么用那种口气说话？"敏雅吼道。

"姜敏雅！"贤雅堵住了敏雅的嘴。

敏雅甩开贤雅的手，继续喊道：

"我姐因为怕大叔受了伤自己回不了家，所以专门跑去警察局，却扑了个空才回来的！"

"那又怎样？"

润成转身，冷静得让人发憷。

"让你担心了？我没事。我不是杀人犯，这不是万幸吗。

还去了趟警察局呢! 天啊, 那么用心, 真是太让我惶恐了, 圣恩浩荡, 请不要在这个卑贱的畜生身上耗费精力了, 难道我要这样下跪不成? 那样你们才顺心吗? "

润成咄咄逼人的架势让敏雅不禁后退了一步。

"你们现在的这个举动不是真正的道歉。是为了让自己好受一点罢了。如果是这个样子, 最好对六号只字也不提。因为只会扫人家的兴。"

喷完以后反倒变得空虚, 润成感觉心里漏了个大洞, 体温好像下降了两度左右。贤雅只是在静静地听润成说完, 她的脸越发苍白。她的体温也和润成的一样, 在一路下降。

"真的很抱歉。"

贤雅说道。嘴唇发青。

"我只是觉得, 应该尽快向大叔道歉。不辩解, 无条件地道歉。没想到会让大叔这么反感。"

虽然声音极为低沉, 但她的脸上是一片真诚。

"我知道大叔是为了帮我们敏雅, 所以没叫那个警察大叔，也没报告给管理人。不管大叔说话多冷淡，你的手一直都是热乎的。这我是知道的，但是刚才我怀疑了你，以为没准真的是坏人。对不起。"

润成的心隐隐作痛，不想再听她说任何话了，只是想让她发青的嘴唇变得温热一些。

"虽然大叔不让我们去，但我会正式向正赫哥道歉的。明天早上。"

"不行！"这次是敏雅挡住了贤雅。

"我自己去吧，姐姐没对正赫君做错什么。"

"我怎么能相信你，让你一个人去呢？你现在不也是在和大叔对抗吗？"

"我不会的，真的！我和他和解，然后照张合影给你们！"

润成瞬间觉得不快。差点被贤雅的真诚融化的心再次冻得冰凉。看在她是贤雅妹妹的分上，看在她还小的分上，本想饶过她，但现在看来是不可能了。

"现在去呗？"

　　润成提议道。当贤雅和敏雅同时吃惊地望向他，润成接着说道：

　　"你们不是说为了让我消气可以做任何事情吗。我感觉如果看到两个人向六号真心道歉的场面可能会消气。在我看来，小妹根本没有愧疚的想法。刚才是这样，现在也一样。不是说没法原谅，绝不罢休的吗？"

　　"啊，那是因为有难言之隐！"敏雅急得直跺脚。

　　"在我亲自去警察局报案之前乖乖跟我来，姐姐真的生气了。"贤雅拉下了脸，向敏雅警告道。然后直勾勾地看着润成说道：

　　"我们去。"

　　"OK，那就请吧。"润成回答道。

Chapter Twenty‥‥‥‥‥‥欺骗，比不爱更伤人

—

转身，
贤雅泪如雨下。

终于结束了。

当她想到和这个男人再不会有任何交集，
无法抑制的悲伤像洪水般朝贤雅的全身袭来。

世界轰然坍塌。

遇到一个人，
陷入爱河，
分享着彼此，
共建一个世界。

然而现在却是废墟一片。

—

长长的门铃声响了起来。看着漆黑的窗户，敏雅在心中默念着无数次千万、千万、千万、千万别在家，如果在，千万是一个人，不要和那个恋人一起出来。然而希望灰飞烟灭。几次的呼叫后正赫终于有了回应。

"谁呀。"

"这么晚打扰了，不好意思。我是贤雅。"

幸好开门的是正赫一人。敏雅必须马上办完事。

"对正赫君的所有恐怖活动都是我干的。对不起！"

像连珠炮一样说完并匆忙鞠了九十度躬的敏雅望着贤雅和润成。"这都道完歉了，赶紧撤吧。"她的眼神这样诉说着。

"开玩笑呢？"

在后面一步站着的润成把胳膊抱到了胸前。正赫一头雾水地看着贤雅。贤雅感到了深深的疲惫，她拿敏雅毫无办法，越碰越乱。

"这是什么话？二号先生怎么也一起来了？"

"说来话长，能不能抽点时间？"对贤雅的话，正赫做出了难为情的样子。

"这可怎么办。现在有客人啊。"

敏雅面色煞白。

"姐，咱走吧。他这还有客人呢，太失礼了。"

"哥，我已经知道了。我想给哥哥的男朋友也道个歉。"

正赫惊愕地看着贤雅和润成。贤雅送出了温暖的微笑，润成则面无表情。正赫整理了一下思绪，说道：

"也就是说，你妹妹喜欢上了我，然后看到我和男人约会，就做出了这些举动？"

"哥，对不起。"

正赫用混乱的表情望着三个人。贤雅用朦胧的双眼传递着真心，而敏雅像憋不住要排泄的小狗一样不知所措。尤其让人诧异的是崔润成那个人。

"什么事啊？"从房里传来了男人的声音。敏雅好像没憋住拉在了裤子里一样，脸上写满了绝望。

"稍等，我进去说两句话再来。"

　　正赫开着玄关的门，进了屋。脑子发乱的贤雅把手放在了隐隐作痛的脑门上，而润成正在因为由贤雅来承受敏雅行为的后果而感到自责。正在那个刹那，门开了，正赫和男人一起走了出来。看到二人的贤雅停止了呼吸。

　　"太昊……太昊君……吴太昊！"

　　那个在星空下唯美地和正赫接吻的男人，在这样的深夜还呆在正赫家里的男人，正在和正赫肩并肩站在一起的这个男人……就是他。就是那个不爱贤雅、抛弃了贤雅的太昊。

———

　　那天正值寒冬。深夜，下起了雪。贤雅的鼻尖上掉落了一朵雪花。雪下在了贤雅的肩膀上、皮鞋上。贤雅像之前的四个小时那样一动不动地站在原地。她没有蜷缩着身子抖着下巴，也没有不停地跺脚。只是看着规律地哈出的雪白的气体。

随着夕阳西下，气温骤降。寒冷好似贤雅正在等的男人般无情。无情会让人麻木。被寒冷冻僵的身子仿佛像冰块碎掉一样没有知觉。也许是那个在婚礼就在眼前的时刻消失了的男人让她呆住了吧，贤雅的大脑早就过滤掉了逻辑和理性，只是机械地反复着"等着"这一命令。

"贤雅……"

男人的声音在背后响了起来。贤雅屏息。在被太昊抛弃后贤雅常常觉得呼吸困难。因为痛苦冒到了下颚上，堵住了喉咙。精神恍惚，两眼发黑。贤雅觉得，这堪比死亡。眨眼的工夫，她的灵魂就反复着死后重生。活过来后，就必会痛苦。

"什么时候开始站在这里的？脸都通红了。"

也不知道是不是真的吓到了，太昊睁大了眼睛。目光闪烁着。那该死的闪烁的目光。在黑暗中他的眼睛也如星星般美丽，在飘雪中也异常地安静。贤雅不由得烦躁起来。

"先去暖暖身子吧。咱们去'4克'。"

太昊亲切的话语让贤雅回过神来，然后开了口。紧闭了
四个小时的嘴唇好像发出了吱的声音。好像真的裂开了，嘴
里有股血腥味。

"别担心了。让人恶心。"

贤雅激烈的反应让太昊打了个寒战。贤雅像抓住了机会
一般，展开了攻势。

"你是个毁了婚约又玩失踪的男人。哪怕你接了一次电
话，看了一次短信，我也没必要在这变成雪人。"

"对不起……"

就像一吐出就消失的气体一样，太昊的话语在空中消散。
当他的声音消失后，只有雪花飘落在路边的声音。在贤雅从
心里掏出无数诅咒的词语酝酿出下一句话的期间，雪下得格
外地慢。在开始积雪的太昊的肩膀后，一个窗户的灯亮了起来。

那是太昊家的窗户。在贤雅和太昊相恋的一年里，贤雅
从来没有进过那个家。恋爱时他们经常在他家门口的"4克"
咖啡厅里相对而坐。太昊从来没有带贤雅去过人迹罕至的地

方。对接吻也很吝啬的他也从来没有提出过生理上的要求，使得贤雅更是觉得他这个人值得信任。一般年龄越增长，接触的女人越多，男人就越会性急地扑上来，露骨地表达自己的需求。然而太昊与其说把贤雅当作"女人"来消费，不如说把她当作"人"来交流，因此贤雅更加期待和他的婚姻生活。

贤雅望向太昊那落着雪花的肩膀。这时，有一个人影在他家窗口晃过。

"你……有别的女人了？是喜欢上别人了吗？"

太昊紧闭着双唇，望着贤雅。

"实话告诉我吧。太昊君说出真相，我也好接受一些。"

太昊那黑色的瞳孔变得迷离。说明他正在犹豫。贤雅被他那种欲言又止，不，是欲盖弥彰的样子弄得心烦意乱。

"不，光听你说我不会善罢甘休的。我要亲眼看到。快，你带我进去。"

贤雅的上勾拳命中了要害，太昊做出了马上就要被击倒的表情。

"现在她不是就在太昊君家里吗。不是在等你解决掉门口坐镇的可怕又烦人的前女友后回家吗？等你回去了，她还会拍拍你的背，说你辛苦了吧。还会像凄美的爱情电影的女主角一样又哭又闹吧。我要亲眼见证。"

"对不起……"

"所以我要跟你上去。"

"对不起……"

"住口！"太昊一成不变的应答让贤雅吼了出来。又一次地沉默。一直在太昊家窗口晃悠的影子也停了下来。只能听见胡同里下雪的声音，雪花和雪花之间碰撞的声音。

"对不起那句话已经听了无数遍了。听得我耳朵都要起茧子了。听得我闭着眼睛都能分辨出太昊君的每一个发音，每一声颤抖。所以你倒是说说看。你喜欢上别人了，不喜欢我了，或者，得了什么不治之症。你倒是说个理由看看。为什么要那么做？为什么要抛弃我？为什么非要用那种方式？

为什么？！"

太昊不语。雪花打湿了他额头上的头发。因为贤雅说喜欢他长头发的样子，所以他放弃了坚持已久的板寸。是什么、是谁，让这样的男人无情地抛弃了她？贤雅想知道的只有这一点。想听太昊亲口说出来。不用多想就知道，一定会很残忍，一定会心如刀割，但世上没有不收尾的游戏。贤雅能强忍住比这寒冷还要刺骨的羞耻而一直等他的原因也是出于此，她想给自己的沉沦做个了结，即使是掉到谷底来个粉身碎骨。

凄然看向贤雅的太昊，脸上也满是苦楚。离她只有三四步远的太昊仿佛是在数以万里之外的星星。贤雅不由自主地后退了一步。她突然恍然大悟，太昊从来都没有说过那句话。如果是恋人的话就应该无数次挂在嘴边的那句话。她从来都没听他说过。

"太昊君……"说到这里，全身的末梢神经开始发麻。脚趾尖、手指尖、鼻尖、头顶好像被尖锐的冰碴戳着一样，隐隐作痛。

"太昊君……从来没有爱过我。"

到了谷底了，而且是冰凉的谷底。之前说过的话都应该
是说给起码爱过自己的人所说的话。这回该轮到心碎了。贤
雅像对一切都万念俱灰的人一样继续说道：

"对，没错。原来如此。从来没有爱过我，我还要声讨
你为什么变了，原来是这样。"

"……对不起。"

太昊用同样的声音、同样的目光反复着对不起。但贤雅
已经不生气了，反而有点怅然若失。贤雅的嘴里流进了咸咸的、
温乎乎的东西。是顺着冻僵的脸颊落下的眼泪。她能感觉到
眼泪流过的地方立马变得冰凉。

"不爱我，为什么还要和我结婚？"

"我以为我可以。因为贤雅是好女孩。"

"早点告诉我多好。"

"我好几次都想开口。"

贤雅点了点头。

"是我太忙了。因为要工作，所以放了你好几次鸽子，也没接到电话。我理解。"

"对不起。"

"别再说了。我了解，不等于我原谅了你。太昊君侮辱了我。知道吗？"

"……"

"别忘了。就算我把太昊君忘了，太昊君也不能忘了我。永远记得你欺骗的这个女人，一辈子都要活在自责里。"

"好……"

不等他说完，贤雅立刻转了身，泪如雨下。终于结束了。当她想到和这个男人再不会有任何交集，无法抑制的悲伤像洪水般朝贤雅的全身袭来。一个世界轰然倒塌。遇到一个人，陷入爱河，通过分享着彼此的内心而筑起的世界坍塌了。转过弯，贤雅蹲在地上放声大哭。那是哀悼的哭泣。

——

　　太昊身份曝光的那晚之后，正赫每天都去敲三号贤雅的门。

　　这个世界禁止了他们的爱。虽然都说世道变宽容了，但那依然是隔岸观火的旁观者的立场。只要存在，他们就会被嫌恶，社会的缄默不语好似是让他们在沉默中自生自灭的威胁。他们生活在狭小又荒芜的世界里，无论是出柜还是被出柜，自欺还是欺人，都是一样的世界。一旦过度警戒，就会肩膀发麻，疲惫不堪。那样地渴求爱情，也许就是因为没有哪个角落可以容他们自由呼吸。

　　小时候，当其他男孩在水渠边玩青蛙的时候，太昊会全神贯注地观察水边的格桑花。妈妈看到儿子的行为像小姑娘家一样，所以把他送去运动。正直又踏实的性格让他坚持了下来，并当上了人气很旺的健身俱乐部的教练。在那里，他遇到了顾客正赫。二人一眼就认出了彼此，但太昊装作不知道。别无他法。与早就在朋友和家人面前宣布出柜的正赫不同，太昊是马上要步入婚姻殿堂的准新郎。不想给父母和未婚妻造成伤害，这个理由让他折磨着自己，任凭自己的心发霉。当正赫明目张胆地向他示爱，他也只能小心翼翼地拒绝。太昊身上仍然保留着那个走路时总要低头，生怕踩了哪朵花的小小少年的美好灵魂。

"对不起。很抱歉。"

好像出生就是个罪一样，太昊总是把这些话挂在嘴边。对正赫带给他的心动置若罔闻、用没有爱情的婚姻来一直欺骗贤雅、戴着假面舞会的面具抛弃自己的幸福，这些都让他惶恐不安，令他的脸上总是有些许阴影。

正赫想为这样的太昊留出自由呼吸的空间。他想让太昊那笑着也像哭着的脸绽放出大大的笑容。这不就是爱情吗。正赫深信。

让太昊的心能敞开到这个地步的旅程漫长而艰辛。承认自己的感情只是第一步、第一个石子。与未婚妻分手的惊涛骇浪让太昊迷了路。这是他生平第一次变成一个混蛋。如果这是件容易的事情，那么也不会到准备结婚这个地步了。加上接到做梦都期待的活以后，未婚妻沉浸在了工作里，所以事情进展得无比飞快。

不，不对。辩解太长了。一个人把另一个人抛弃，这种事怎么会一帆风顺呢。这样不行。虽然不想变成混蛋，但想要提出分手的人必须变得残忍或无情。人和人的关系如果没有到达终点就不会轻易了结。那也许是因为关系和爱情一样，不是从第一眼就自动完成的。一见钟情的爱可以从第一个呼吸开始就是完美的。因为那只是来自一方的情感。然而关系则不同。两个人共同筑造起来的关系好似一个生命，要经历孕育、出生、挫折与成长。只有当留恋死去，直到一线曙光也消失殆尽，双方才能像死亡一样进行一个了断。

在爱情问题上和自己志同道合的贤雅与太昊碰面之后，正赫焦虑得无法入睡。人的认知能力是非常神秘又诡异的，有时会在没有任何提醒的情况下一下子对事情的真相恍然大悟。正赫回想起了那个没什么特别的早上，睁开眼睛看着天花板意识到自己是同性恋的那个十三岁的某一天。那是任何人都会至少经历一次的人生岔路口。他全身心地意识到自己的生活会来一个一百八十度的大转弯。那一刻的空气和阳光依然在脑海中挥之不去。

那个晚上，看到太昊煞白的脸色，正赫又一次瞬间明白了一切。他明白，因为自己而被太昊抛弃的未婚妻就是三号贤雅；也明白，在本以为很安全而躲进来的单身之家里遇到过去的太昊一定会像鼹鼠一样再次藏进黑暗的深渊里。

正赫亲自敲门。只有把贤雅叫出来，太昊才能见到阳光。说他正赫自私也没办法，他不能容忍自己的爱人变成鼹鼠。他爱上的正是太昊那脆弱而美好的心性，因此不应该卑鄙地去指责他在痛苦面前把自己关进洞里的性格。正赫如是想道。人身上的优缺点是错综复杂地融合在一起的，所有的一切构成了一个完整的人。与其费尽心思想要改变一个人，不如好好斟酌该如何去爱他。

无论如何，都要正面突破。正赫好像太阳下山后还留在胡同里捉迷藏的小孩一样，执着地敲着贤雅家的门。水滴落在了正赫的肩膀上，是从屋檐上的冰碴上掉下来的。深灰色的圆圈在他厚厚的呢子大衣上变得越来越大。以往，只要衣服沾上一点点的污迹都会非常反感的他对此全然不顾，站在原地一动不动。

"那么敲能出来吗？"

是润成。也不知是从什么时候开始看着这边的，他以一副不耐烦的表情不声不响地走了过来，并啪啪——若无其事地拍掉了正赫肩膀上的水滴。

"是真的希望她出来吗，还是想让自己好受一点而罚站呢？"

润成说道。那语气也不知是在关心他，还是在讽刺他。在正赫频繁地来找贤雅的这段时间，润成一直在背后默默注视着正赫。他一直在关注不停敲门的正赫和紧闭的门后的贤雅，一直在考虑自己应该什么时候出面。正赫每天都在反复着愚蠢的举动。起码在润成看来是这样的。

"不用您操心了，该干什么干什么吧。"

对正赫而言，润成是不速之客。无论是那天晚上的三者会面，还是这会儿都是一样。一开始就是个扫兴的人。正赫看着润成，心想，这么爱管闲事，难怪会对世界对爱情都厌倦呢。他再次拂了拂润成碰到的外套的部位。

"我去她家有事。就是您每天过来示威、来看守的这家。"

"这不是示威，也不是惩罚，不要乱说话。"还没等正赫抗辩，润成用握紧拳头的手用力敲起了贤雅家的门。

Chapter Twenty-One · · · · · · · · · 爱过留痕，让人变坚强

—

贤雅受不了自己只是他们爱情故事中的一个插曲，
只是个无关的过客、
路人甲的事实，
也受不了自己变成日后微不足道的谈资。

也许对他们而言这只是一个小挫折，
对贤雅而言却是真真切切的一段人生。

—

"还真是吵啊。"

贤雅摘下耳机，动了动鼻尖。音乐声从耳机里微弱地传了出来。没有旋律，只有节拍的声音。贤雅向窗外望去，白雪皑皑的桦树林映入眼帘。

"对太昊君而言，也许这里就是窝棚吧。"

贤雅想起了白石的那首诗❶。他说，移居深山老林是因为唾弃了这污浊人间，想要躲进林中的窝棚里。贤雅对粗暴的敲门声置之不理，只是出神地凝望着眼前的风景。在过去的几天里，贤雅醒着的大部分时间都是在这扇落地窗前度过的。

直入云霄的桦树密密麻麻地聚集在一起。从贤雅那里望去，两棵树好像站在伸手就能碰到的距离。但是她很清楚，实际上并不是这样。之间最少有成年人五六步的距离。每一个枝头上都挂着白雪，看着很温暖，实际上却是冰凉的。一切都是混乱的。远观温情，实则冷峻。

无论是单身之家、吴太昊，还是我姜贤雅，都充满了讽刺。

---

❶ 白石（1912—1995），本名白夔行，朝鲜著名诗人。此处指其诗《我娜塔沙还有白驴》。

她想道。在刚刚入住单身之家时最让她满意的桦树林其实就是一种篱笆。是孤单和隐遁的保护膜。是美化逃避的客体。

"太昊君也好，我也好，其实都是逃进来的。"

太昊喜欢白石。贤雅最爱的诗人也是白石。童话界有程润，诗歌界有白石，她张口闭口就会如是赞扬。当她在尴尬的相亲场合和对方谈论着白石和吉祥花 ❶，她还考虑过，是不是就是对面这个人了。

在诗中唱到唾弃了这污浊人间的白石最终没能和娜塔莎重逢，而只身到了满洲。太昊说，这段故事太令人心痛了。贤雅说，是最终也没能把女人留在身边的白石太懦弱了。

早知道就不乱说了。不说他软弱、不说他卑鄙好了。如果那样的话，没准太昊就能说出真相。如果了解了真相后做个了结，那样的结束会不会更好一些呢？敲门声骤然变得更大。贤雅迫不得已起了身。

"给我住手！"

---

❶   白石在现实中所爱的女人。上首诗中的娜塔莎。

　　猛然开门见到了意料之外的脸，贤雅滞后地加了个请字。难怪她觉得以往很规矩的敲门声突然间变得激烈，原来是润成干的。

　　"你这是冲我喊的吗？"润成瞪大了眼睛。

　　"我愿意！ 大叔让我做的，我都做了，然后不是自己背了黑锅吗。您还想怎样？还想看我怎么出丑！"

　　"你不是让我重新结算一下吗，但是一直等着排号太无聊了。"

　　润成用下巴指了指正赫。呆呆地站在离他们稍远的地方的正赫做出了窘迫的表情。贤雅怒冲冲地瞪着润成，那目光，好像要把单身之家里一冬天的积雪都融化一般。

　　"我先撤了，二位看着办吧。"

　　润成转身，他确实是在排号。润成有理由等着贤雅彻底地和过去做个了断。

　　正赫与贤雅面面相觑，直到润成走出大门。

　　"咱们是不是应该谈谈？"正赫先开了口。

"十分钟后，树林里见。"贤雅摔门而入。

—

"关于你妹妹的事，睁一只眼闭一只眼比较好。"

"那还用说吗。"

"你也觉得我们活该是吗？"

"怎么说呢，但是我能理解敏雅为什么这么做。我也想一气之下报告我们的老板，说我们这里有人谈恋爱。"

"这里是我们最后的希望。"

"大家都一样。但是为什么偏偏要到这里来被我发现？"

"难道太昊要永远躲着你生活吗？"

"如果他有良心的话，起码要躲一段时间。"

"贤雅，我知道他让你受伤了。但是你反过来想想，如果你和太昊结了婚，可能会很稳定，但另一方面你会永远不幸的。这难道不是避开了意料之中的残局吗？"

"我知道。他总不能撒谎撒一辈子。"

"你能不能这么理解？太昊和我，之前都和你一样，是活在难受和心痛里的。"

"但是为什么是正赫哥来找我说这番话？我认识的人是吴太昊。伤了我的人也是他。他对我连只言片语都没有，怎么正赫哥倒像个热锅上的蚂蚁一样。"

大雪纷飞，雪花在面对面的正赫与贤雅之间乱舞，仿佛一只只白色的蝴蝶。贤雅对无言以对的正赫注视了良久。也许自己永远无法理解这个男人所背负的爱情的重量。正赫到最后都没有赖太昊一句，他情深意切。

但是话又说回来，因为他们的爱情真实而崇高，所以我要忍受痛苦，这也不可理喻。贤雅受不了自己只是他们爱情故事中的一个插曲，只是个无关的过客、路人甲的事实，也受不了自己变成日后微不足道的谈资。也许对他们而言这只是一个小挫折，对贤雅而言却是真真切切的一段人生。也许不能赖别人。但是不管怎样，都该有个人真诚地向我道歉吧。

在飞扬的大雪中贤雅突然觉得自己孤单得一塌糊涂。

"让我消停一会儿吧。"

贤雅转过了身。正赫依然呆呆地站在原地。一步一步，贤雅缓缓地走了出来。每挪开一步，雪都陷到了脚脖子那里。积雪的厚度都是相当的，而贤雅总有一种一步步走向深渊的感觉。双腿发抖，两脚发沉。且每走一步，都觉得越发委屈。

当她走到路口，贤雅的情绪跌到了谷底。虽然从树林里逃了出来，但冰冷的现实仍然对她张着血盆大口。想要改头换面变身潇洒女郎的那个虚无缥缈的计划泡汤了，想要焕然一新的决心也在正赫与太昊面前崩塌。贤雅捏住了鼻子，因为感觉眼泪要溢出来。她强忍住眼泪，又向前走了几步，看到了站在她面前的润成。刚才明明看到他回去了，他是怎么找到这里来的？是听到她和正赫的交谈了，还是觉察到了她和太昊的关系呢？贤雅突然回想起来，每当自己的境遇最糟糕的时候，他都会出现在眼前。一直以为是因为见到他而变得糟糕的，但这回她第一次觉得，没准事情不是那个样子。

也不知站了多久，润成的头和肩膀上落了厚厚的一层雪。坚挺的鼻尖冻得通红。

"您是为了取笑我，一直站在这里的吗？"

润成不语。

"好。不说话最好了。一旦和大叔搭话，就肯定会莫名其妙地吵架。我现在太累了。"

润成依然没有回答，只是静静地注视着贤雅。被雪打湿的刘海温柔地盖着他的额头。眼睫毛上沾了一朵雪花，每当他眨眼睛，都有闪烁着白光的感觉。贤雅感到胃里不舒服。刚刚好不容易咽下去的眼泪好像要逆流而出。不能哭，哭了事情就闹大了。有点骨气，不能哭。

润成靠近了她，脚下发出吱吱的声音。他嘴里哈出的气触碰到了贤雅的脸。润成弯下了膝盖，他对准贤雅的身高弯下了身子，注视着她的脸。二人四目相对，互相望着彼此眼中的自己。贤雅眼泪汪汪，润成的身影在她的眼眸中摇曳。

"没事吧？"

润成低沉的声音打破了四周的沉寂。贤雅点了点头，但与此同时，两行泪下。润成的脸变得无比落寞。这让贤雅更加地伤心，眼泪止不住地流了下来。润成只是用手擦拭着贤雅的眼泪，没有说任何类似"给我停下、别哭了"这种笨拙的话。只是好几次都想拍拍她的背而抬起的胳膊，又悄悄地放了下来。贤雅把自己的脸和悲伤通通交给了润成，站在那里哭了许久。

最终，润成一把把她拉了过来，紧紧拥入了怀中。

白茫茫的雪地上有人的影子。肆无忌惮地打在脸颊上的雪不知在什么时候已经停了，太阳穿过厚厚的云层露出了脸。浑浊的空气使得线条和颜色都很模糊。但那分明是两个影子，且在肩并肩走路。

两个人不远不近地并肩走着。没有说话。两个人像约好的一样，左右脚迈出的顺序都是一样的。连呼气和吸气的节拍都出奇地吻合，使得穿过雪地的脚步像是一个人发出的声音。

"想走走吗？"

深深拥抱过贤雅后，润成只说了这一句。贤雅也没有说话，只是用力地点点头。没有丝毫的"为什么、怎么了、从什么时候开始的"这种疑惑，更没有"难道、也许、没准"这般的怀疑。只有一种所有的一切都像雪一样沉淀下来，变得安静的感觉。那是不需要任何语言的安详。想走走吗。那句话有着奇妙的温度。虽然和润成连个小拇指都没有碰上，但贤雅走着，沉浸在刚才被他抱在怀里的温暖里。

白天里的夜。因为太阳的光线很弱、四周很暗，只有白雪在发光。好像有种整个世界里只有他们两个人的亲切的孤独感。太阳下山了。篱笆从树林开始一直延伸到小区入口的路的分岔处。

润成突然停住了脚步，转身向后看去。篱笆边上的人行道砌砖已被皑皑的白雪覆盖。路和非路的地方连成了一体，广袤的雪地泛着白光。只有两人留下的脚印歪歪扭扭地横穿着雪原。

"好可怕。"

这是润成开口说出的第二句话。贤雅在润成的身边停下了脚步。她抬头看向润成，眼睛发亮。润成像回答她的目光一样说道：

"留下的脚印。"

"蓦然回首可能会吓一跳。原本以为走得很笔直，想不到是那样地东倒西歪。"

润成用异样的眼光看向了贤雅。他突然觉得，也许这个女人对他的解读比他想象得还要深刻。排山倒海般无法估量地占领他心头的情感也许正是来源于此。

润成一直确信，完全理解他人是件不可能的事情。有时连自己都不理解自己那像煮开的粥一样早晚翻滚的喜怒无常和懦弱自私。谁又能了解谁、理解谁呢。对于感情和本性，润成并不相信理解这个词语。

只有理解对方，才能爱上对方，在润成看来，这只是种幻想罢了。因为无法完全被理解，因此存在的孤单无论如何都不会得到解决。神奇的是，正因为如此，所以只要被人理解一点点，人心就会立刻被感动。

因为他懂得很难被理解，懂得一点点的理解都会让人折服，所以润成觉得人人都会有"想被解读的欲望"。

请把我解读。

和朋友东扯西扯，和恋人在烛光下面对面而坐，也许心里都在这样呐喊。

请把我解读。

请把我四处分散的灵魂的文字捡起，用连我自己都不知道的文章来拼凑出一个完整的我。请照亮那个不曾为我所知的全新的我。人们都在梦想和企盼那种不可能的瞬间。那种在大脑还来不及认知之前就掠过的瞬间。贤雅和自己之间有过多少次来着？润成思忖着。

"有没有努力挽回？"

这次贤雅问了过来。轮到润成回答了。

Chapter Twenty-Two‧‧‧‧‧‧‧‧幸好孤单时有人在

—

那天她哭了没有？
润成回忆往事时，
那个人早就不在了。

唯独一句
"从现在起，我要离开你"
变成囚牢，
困着他度过了 15 个春秋。

现在，
终于有个人可以把他从中解救……

—

　　"十，九，八，七，六，五，四，三，二，二，二！"

　　只剩一个数了。被打了个耳光。知了在吱吱地叫。唰地流下的不是眼泪，而是汗。在他数着差一个就到十的九个数字时，她瞬间跑回来，给了他一记耳光。柔柔弱弱的手腕。一点也不疼。二十岁的润成默默地看着。

　　"别孩子气了。"她说道。不，有点记不清她的话了。

　　吱吱——知了的叫声最为鲜明。其余的声音仿佛浮在空气中的噪音一样在意识中嗡嗡地回响着。"没准是好事。"好像她也说了这句话。"不懂事。""真拿你没办法。"嗡嗡。"傻瓜。""滚开。""我会把你忘掉。""你绝对不会懂。""混蛋。"吱吱。"毫无保留。你到最后也躲在你的壳里……"吱——吱——

　　那是好似太阳都在尖叫的嘈杂的夏日。忽然之间，一切变得静悄悄。好像有人按了消音按钮一般，好像变成了无声的真空地带一般。而她的话却很清晰地传来。

　　"孩子没有了。我打掉了。"

在滚烫的柏油路冒出的热气之间，她的嘴唇动得像慢动作一样。好似咬着牙，一字一字地吐出来。

"在我说出结束之前，我们已经结束了。"

"你连这都不知道，还在数十个数呢。"当她说完这句话，知了又开始吱吱地叫了起来。她再次转身，后背的两个骨头显得尤其突兀。很消瘦，但很坚韧，另一方面，又显得无比孤单。

那天她哭了没有……记不得了。很奇怪，记不起她的脸。只能清晰地回想起她那笔直的背影。随着她向前迈步，从随手扎起的马尾辫里掉了些碎发出来。被卷起的长袖衬衫的袖子下裸露着胳膊，运动短裤下修长的双腿显得非常有力。看着很坚决。"从现在起，我要离开你。"她全身绷紧的肌肉仿佛一齐喊着这些话。

随着低跟凉鞋的声音，她渐渐远去。二十岁的润成一动不动地站在原地，直到她变成一个遥远的小点。那个小点也不见了，但她的脚步声却像幻听一样回荡在他的耳边。

二十岁的润成张开了嘴。他想喊出最后一个"一"。然
而有什么东西涌到了喉咙里，使他一句话也说不出来。"趁
我数十个数之前给我回来，我数完了咱们也完了。"他说。
润成最终还是没能说出那个"一"。从那天到现在，润成神
经里的某个角落一动不动地定格在了那个夏日，停留在了那
个地方。

少了个一的心。他是一直怀着这样的心活到现在的。

——

"没有努力挽回，只是一直在恐惧中生活。"

贤雅小心翼翼地抬起手，抚摸着润成的后背。二人在贤
雅家的客厅里促膝而坐。电热水壶悄无声息地烧了起来。

"那大叔呢，那天大叔是什么感受？哭了吗？"

"不知道啊，也记不得了。好像是生气了。"

"不是生她的气，而是生自己的气吧？"

润成默默地点了头。贤雅冰凉的小手一直在抚摸着润成的后背。由于润成体温的传递和摩擦生成的热气，贤雅的手变得越来越热。水壶开始有了动静，贤雅站起来准备沏茶。

"我给你讲我认识的姐姐的故事吧。这个故事我对谁都没有提起过。"

润成望着贤雅。是不是对他太残酷了呢？贤雅迟疑了一下。但是有些话她特别想对润成说。

"是我在电影圈工作的时候认识的一个姐姐。真的特别潇洒，我一直跟在她屁股后面，然后就变成了闺蜜。那个姐姐也是在二十岁左右经历过类似的事情，在她迟疑不决的时候孩子自然流产了。姐姐说过。那时还太小，不管是那个男人还是她自己。"

贤雅没有看润成。她把茶包的包装打开，故意一个一个地扔到垃圾桶里，踩着椅子从高高的橱柜里拿出了沏茶用的陶瓷水壶接了水，又拿出过滤网，就这样不停地忙活着，并用讲故事一样的平淡口吻继续说着：

"对于已经发生的事，无法接受，也无法解决，更没有能容纳彼此的恐惧的那种从容。姐姐是这样说的。亲眼看到男人卑鄙地后退、逃跑，她感到无比失望和愤怒。几年过后她才觉得，那个时候那个男人也一定特别害怕。"

贤雅把茶杯递给润成。能用一只手环绕住的小茶杯里装着薰衣草茶。小啜一口，能如实地感受到顺着喉咙流过的温热的水流。

"不过我还是觉得那个男人很卑鄙。"

流过润成的喉咙的茶水又倒流了上来。咳咳，润成咳了好几声。

"您没事吧？"

贤雅问道。润成点点头。极其细微的微笑挂在了他的嘴边。

"当时应该起码问一下。不是吗？"

贤雅的话没头没脑的。润成默默地集中了精力，拼凑着完整的故事。

"你是说那个卑鄙男吗？"

　　"应该问一下。或者说一声。说自己害怕。畏惧。你怎么样。没事吧。"

　　贤雅用清澈的眼眸望着润成。

　　"就像刚才大叔对我一样，应该抱一抱。"

　　润成觉得喉咙发烫。贤雅的话对过去那个年轻的润成来说是狠狠的一鞭。同时对现在的润成是一个暖暖的拥抱。存在的孤单无论如何都不会得到解决。但是正是因为如此，所以需要"当你孤单的时候，我会在你身边"的约定。贤雅正在给润成上一课。

　　贤雅用双手小心翼翼地护着自己的茶杯，和润成面对面坐着，二人交换了微笑。窗外晚霞似锦，真正的夜幕要降临了。"在以后的属于二人的夜晚，要多听听贤雅的故事。"润成想道。

　　"首先要理清太昊的故事，可能会心痛吧。"润成不由得笑了一下。

Chapter Twenty-Three·········一次相遇，两种风景

—

那一晚对美仁来说也许是个失败，
但对他而言却仅仅是个开始。

虽然白发已经占领高地多年，
但他还是个名副其实的男人。

从第一次见面起，
美仁就是美丽的、
纤细的、
可爱的女人。

这就够了。

—

　　盛民伸了个懒腰，到餐桌旁坐下。美仁把明太鱼汤端了出来。

　　"看着真好吃！"盛民拿起了勺子，美仁一下坐到了他的旁边。

　　"干吗老做这种东西呀？"

　　"大清早起来随便做一下就行了。这不，做好了就有人端到嘴边来，多好啊。"

　　美仁没法去讨厌这个嬉皮笑脸的盛民。也就是在那个盛民的追查彻底失败、由于擅自发射个人用空包弹和滥用手铐而受到推迟起诉处分的夜晚，两人又喝醉了。醉了，说明双方都需要安慰。虽然美仁想当作一时的失误，但总是会出现两个人需要互相安慰的借口。美仁在第二次的细胞检查中仍然被判定为癌症的那天，盛民背着巨大的旅行包出现在了她面前。

　　"这是什么？"

　　"钞票。"

拉开拉链，盛民再次嘿嘿一笑。果然，包里全都是一沓沓的五万元钞票，像是电影里银行强盗抢来的包。

"中彩票了。"

那可不是比喻。五个月前，当每周习惯性购买的彩票突然中了，盛民以为一切都会向着好的地方发展。本以为没准可以和离婚的妻子重新结合，抓不到的凶手也能轻易抓住。然而如果试图用错误的公式去解不同前提的题目，那它们会变成永远的难解之谜。他和妻子离婚不是因为钱。也不是因为没钱才抓不到凶手。也就是说，盛民一夜之间变成了暴发户，但因此他能解决的问题却少之又少，反而一下子多了很多不愉快的经历，比如看到因为钱而完全变了个人，倒过来纠缠他的素面朝天的前妻。内心不舒服到想要去和某个人自白说我中了彩票是个错误。

"我最讨厌你连自己做错了什么都不知道，还要一味地道歉的样子。"前妻曾经这样对他说过。"那你倒是告诉我是什么问题呀。"盛民问道。"这种东西还要啰里啰嗦地

一一讲出来吗？"妻子数落道。刚开始想要迎合她的情绪而
无时无刻不发条短信、打个电话，她却发火，说他是疑妻症。
当他想扮演高冷的丈夫而故意没有去理睬生气的妻子时，她
又哭着说他无情无义，质问他这么粗枝大叶的人为什么要天
天请同事吃饭。

　　"那你到底要我怎么办？"

　　他不耐烦地喊道。这应该是下决心分手的前一刻。不想
做任何努力的状态，对盛民来说，那就是结束的信号。我们
会不会是并不匹配的齿轮呢。对别人总是一味地付出，有情
有义的他当初对妻子怎么会那么无情呢，就抛弃了呢？盛民
怎么也想不明白。

　　作为补偿，盛民决定如果剩下的日子里再遇到真爱就一
定不能让自己后悔。他想，以过往的失败经历为戒，也许能
经营一段不错的爱情。那一晚对美仁来说也许是个失败，但
对他而言却仅仅是个开始。虽然白发已经占领高地多年，但
他还是个名副其实的男人。从第一次见面起，美仁就是美丽的、

纤细的、可爱的女人。这就够了。

　　"您这是在我面前炫富吗？我可是郑美仁。"

　　"我当然知道。难道我会在大财阀面前不知天高地厚吗。而且我也知道，即使您再穷，我也不能用钱买通你。"

　　"那这是为什么？"

　　"意思是我把我的全部财产交给你。我把我的全部都给您，希望您能在我身边一直打点打点。"

　　打那天以后，盛民总是到美仁家里来做饭。做的都是低盐有机的食物。对美仁而言，那些都是珍贵的日子。想要打破自己立下的条款的想法一直诱惑着她。再过一天吧。再过一周吧。

————

　　十点十分。润成匆忙关了电脑出了门。走进小路，看到了走在他前面，离他有一段距离的贤雅的后背。贤雅忽地转了过来，看到润成后微微歪了一下身子。润成的脸上泛起了微笑。

这是属于二人的散步时间。在二人敞开心扉后，贤雅没有再来润成家里找他。做贼心虚这个成语果然不是假的。当没有任何情感时，没日没夜地去敲他的门都让她无所顾忌，而如今却会平白无故地东张西望，并肩走路时也很小心。小心翼翼，怕两个人贴在一起会有什么花边新闻。但是二人又无比地想念彼此。因此想出来的法子就是时间差散步。

十点，贤雅先出门。十分钟后润成出门。顺着篱笆走到树林的入口处，再走回来，这就是二人的路线。贤雅只有在润成出发的时刻回头看一次，之后就是径直地向前走。

"找到了。"

走着走着，就会发现贤雅留下的纸条。

"抬头看看星星"、"现在树林上方有小鸟的影子"、"一起走在下雪天里真好"、"从现在起只能踩着我的脚印走"等等琐碎的语句下面总是像吉祥物一样画着贤雅喜爱的白色毛驴。润成觉得这些点点滴滴非常地惹人爱。

时间差散步的高潮是两个人擦肩而过的瞬间。从只能看到后背的贤雅转身开始，润成的心就会突突地跳起来。之后她近了、越来越近了。为了强忍住不笑而颤抖着脸颊，也会偶尔为了让他着急而停下脚步。贤雅走的那一路都牵动着润成的心。离他越近，贤雅就变得越大，最终填满了他的心脏。

刚开始擦肩而过都很困难。因为之前约定过，中途不会停下来，所以走路的拍子不太吻合。二人的呼吸很重要。从远处开始就对齐左右脚，用同样的节奏走下去才能在擦肩而过的时候紧握彼此的手。以后不能听天由命了。要看着她，配合她的步伐。润成如是想道。接着对居然会抱有与自己如此不相符的想法而扑哧一笑。为会沉浸在异样的幸福感里扑哧一笑。扑哧、扑哧。止不住地笑出来。

她转身了，正在走向润成。今天一定要履行计划，润成下了决心，开始紧张起来。她的脸越来越清晰了。润成把肩膀放松，走向了她。

"这是怎么了？"贤雅低声细语道。

"我没停啊！"润成笑着回答。

润成正在按照贤雅的步调，向后走着。两个人面对着面。

一、二、三、四。贤雅立刻环顾四周。

"要是被谁看见怎么办？赶紧走，快点！"

"看就看吧。"

润成笑着停下了脚步。一步、两步，然后，是一个吻。

飘着树香的风将二人温柔地包围。两个人的身子悠悠地飘了起来。润成和贤雅接着吻飞向了天空，时而穿梭于繁星之中，时而平躺在含着雪花的云彩之上，时而在山羊拉出的小提琴声中翩翩起舞。

———

贤雅的厨房里香气四溢。润成正在大汗淋漓地炒着意大利面用的酱汁。"怎么样了？"从刚才起一直在手忙脚乱地摆桌子的贤雅小步走了过来，问道。润成不语，伸出了嘴唇。贤雅看了看客厅的方向，然后啵地亲了一口。

"喂，太没有灵魂了。"

"抓紧吧，姐姐来了就要上菜了。"

润成噘着嘴，继续翻炒着。贤雅满眼爱意地望着润成的后背。一想到要把他介绍给姐姐，不禁满怀期待。姐姐听说她在谈恋爱，无比地为她开心。贤雅前天去了小颖的公寓，帮她打包行李。她决定和贤雅一起在单身之家住上一段时间。贤雅打算在她搬进来的那一天，邀请所有的居民为她开一个派对。

因此润成就变成了计划之外的主厨，正汗流浃背地出着力。餐桌旁并肩坐着先到的美仁和盛民。不知为何，盛民一直在看美仁的眼色。

"刚才说的是真心话吗？"盛民低声问道。"同样的话我不喜欢说第二遍。"美仁起身。她短促地吐了一口气，冰冷地对盛民说道：

"如果还没听懂的话我再说一遍好了。请不要再来找我了。就当不认识我好了。"

美仁把受了刺激的盛民留在原地，走到了别墅外。盛民没有想到，在他把病情告诉给侄子的提议面前，美仁会有这么大的反应。否则他不会在来参加三号的真正的主人的欢迎派对的路上提起这件事。盛民跟着美仁起了身。现在不管任小颖还是姜贤雅都不是问题。对盛民来说，重要的是郑美仁。然而当他打开玄关门的瞬间，美仁跑了进来。一副吃惊的表情。

"怎么了？哪里不舒服吗？"盛民一脸担心地看着她的脸色。美仁打退了盛民的手。

"就是去透透风罢了。"美仁调整了几次呼吸，挺直了腰板。

"进去吧，客人们也该到了。"

真是一个谜。女人真是个谜。盛民想道。拦住过往的路人出谜语，答不上来就把人杀死的斯芬克斯的头就是个女人的样子。有着狮子的前爪的斯芬克斯一定是用它的爪子打晕

路人，然后像螳螂一样从头部开始吃下去。盛民不禁打了个
寒战，跟着美仁走进了厨房。

　　没过一会儿，正赫也来了。"自己来的吗？"贤雅问道。
因为她还邀请了太昊。虽然说了一通埋怨的话，但贤雅知道，
并不能怪罪于他。况且贤雅因为和润成的恋爱而心肠变得无
比地松软。不是有人说过吗，现在的恋人一定要感谢前任。
因为前任和这么好的人分手了，所以才轮到我去享有他。仔
细一想，其实这是种无比自我本位的解释，但贤雅好不容易
站在了世界的中心，也想通过这个机会和太昊与正赫和解。

　　"他都到门口来了，但还是走了。说实在没有勇气。"
正赫笑道。

　　"嗯，他那人性格就是那样的。那就得撤一个位子咯。"
当贤雅拿起红盘子的时候，门铃响了。

　　"大叔，出来吧，姐姐到了。"

　　润成脱下围裙，走出了厨房。"我本来是想帮忙的。"
他难为情地笑了一下，但还是有种丢人的感觉。厨房的热气

让他无比地口渴。他咕咚咕咚地喝着杯子里的凉水，她走了
进来。

连连拒绝建宇的搀扶，用浅浅的微笑和贤雅打招呼的那
个女人分明是小颖。之前发生的事情在润成的脑海里快速闪
过。贤雅的话音杂乱无章地跳跃着。

"大家好。我叫任小颖。今年三十五岁。"

"您是怎么知道黄油能擦掉油漆渍的？不是我们那边的
人的话，一般是不会知道这个的呀。"

"我不是任小颖！"

"我想变成另一个人，在我认识的人里最潇洒的那个女
人。"

"是我在电影圈工作的时候认识的一个姐姐。真的特别
潇洒，我一直跟在她屁股后面。"

"那个姐姐也是在二十岁左右经历过类似的事情。"

　　杯子从润成的手里滑落。"啪——"所有的一切都碎了。

冰凉的水流到了地板上。

Chapter Twenty-Four··········不要阻拦，我们想要谈恋爱

—

不再逃避，
不再偷偷摸摸，
甚至有勇气，
大声表达出自己对爱的欲求，
这个为单身人士设置的孤岛，
突然有了不一样的惊艳风景……

—

大家都在沉默。此起彼伏的呼吸声充斥着中央休息区。这天有居民会议，所以大家都聚到了一起，但反而加深的隔膜感却似重重的雾气笼罩着大家。预告说要发表重大声明的美仁面如土色地坐在那里。来晚了的润成小心翼翼地关上了门，坐到了后面。美仁开口了：

"非常遗憾。"

声音十分低沉。

"没想到会发生这种事。"

不知该用沉痛还是用惨淡来形容她的口气。

"我和大家说过的。属于单身之家的规定，即禁止恋爱。"

所有人的视线都聚集到了美仁的身上。润成也抬起了头。挺直身板坐在第一排的贤雅的后背映入他的眼帘。贤雅的旁边是小颖。那天之后的几天里贤雅回到了爸爸那儿。润成也陷入了混乱，一次都没有联系她。最若无其事的是小颖。小颖好像是这里的元老一样，自如穿梭在单身之家之中。她的样子让他觉得非常陌生。

这样的两人居然坐在一起。这就是女人之间的友情吗？两个人都聊了些什么呢？润成的脑子很乱。建宇用不安的眼神依次望着小颖和美仁。正赫还坐在老位子上，和往常一样拿着手机和太昊收发着短信。而美仁的话让他怔住了。盛民显得比谁都焦躁，像热锅上的蚂蚁一样屁股贴不住凳子。

"我明确说过，如果违反禁止恋爱条款的话就会勒令退宿。"

不知是不是呼吸困难，美仁长长地吐出了一口气。盛民站了起来。美仁看向了盛民，这才发现他那干干净净的脸。看来最近早晚都在刮胡子。

"高盛民先生，请坐下。"

"不，现在开始由我来主持。这种事不是应该由男人来吗？"

"您这是说什么呢？"

美仁以为这些天来的冷漠意味着二人关系的结束。人工卫星不也是吗，如果没有应答就可以下结论说交信失败的。

这个一根筋的男人好像在痴情地等待着斯普特尼克的莱卡❶能活着回来。她和盛民的事还真是让她有点心虚。美仁开始急忙救场。

　　"这与高盛民先生无关。如果有事的话，等会议结束后另找机会说吧。"

　　美仁的高声呵斥让盛民坐了下来。他好像脸部发烫的样子，一直在用手扇着风。仿佛瞬间坠入地球的斯普特尼克一样，盛民觉得头晕目眩。

　　"好像有很多人在误会，我直说吧。据我所知，把单身之家当作恋爱基地的是……"

　　没人说话，但空气已然开始动荡。嘀嘀咕咕的心声在空气中悄无声息地蔓延开来。建宇望着小颖。润成望着贤雅。贤雅正一动不动地面向美仁坐着，好像没有任何动摇。润成觉得有点失落。恋爱、秘密这些词居然没有让她联想到自己，

❶　斯普特尼克 2 号是历史上第二颗进入地球轨道的人造卫星，由苏联于 1957 年 11 月 3 日发射升空，其名称意为"旅伴"，搭载着一只名为莱卡的小狗。卫星发出后没有回到地球。

他甚至觉得委屈。

"李正赫先生，我说得对不对？"

正赫呆若木鸡，他没法否决。又一次地沉默。如果是以往的盛民的话，就会说"唉，就这点儿事有什么紧张的。大家都放松放松吧。咱们自己住的地方，规矩是咱们自己定的，不是吗"等等来缓解气氛。然而今天，他也没有开口说话。因为他的脑海里充斥着与美仁的恋爱、游戏、真心这些词语。之前这些抽象名词从来没有在他的脑海里发挥过影响力。现在让他疑惑的不是"正赫是怎么被发现的"这种问题，而是"为什么强制地让我坐下来"的好奇。当盛民歪着头整理着待会儿和美仁的对话时，润成和贤雅的目光隔空相遇。贤雅那光彩照人的脸上闪烁着黑色的眼眸。她没有避开润成的视线，也没有回应他。

———

　　这是一个沉重的早晨。美仁真切地体会到了什么是身心俱疲。头昏脑涨，四肢发软，到了想睁眼睛都需要用力的程度。她竭尽全力起身的原因是因为今天是正赫被勒令搬家的日子。虽然对不起他，但这是杀鸡儆猴的需要，美仁自我辩解道。盛民和美仁自己、还没有回过神来的建宇、怎么看都有点蹊跷的润成和贤雅都需要一个警告。虽然正赫是同性恋这个事实是一个意料之外的变数，但不能为此而姑息纵容。只是觉得遗憾。别人骂她无情也没有办法。

　　为了让勒令搬家这个词的威慑力不引起大家的抗议，美仁特意做出了许多让步。定金全额返还，还安排了公司里的人手去帮他找下一处住所。她算尽了她的义务了。不过人家要走了，还是要出去挥手道个别的。美仁用力起了身。

　　缓缓冲了个澡，准备准备后打开厨房窗门的美仁吓了一大跳。玄关前站着正赫。还是一副脑门上围着布条、脖子上挂着标语的样子。

"觉悟吧,觉悟吧。监视居民私生活的单身之家,觉悟吧。"

正赫迎着急忙披上披肩出门的美仁,喊起了口号。美仁眉头紧蹙,头部开始隐隐作痛。正在这时,盛民不知从哪里冒了出来。盛民的出现让她很宽慰,以为他会帮她摆平。然而没想到的是,盛民冲着美仁嘿嘿一笑后站到了正赫的后面,并且握紧了拳头,比正赫还大声地喊了起来:

"受不了了。反对条款。独身为何要受歧视。我们有爱。我们要爱。不要阻拦,不要阻拦!"

正赫看到这样的盛民,有礼貌地鞠了一躬。盛民傲慢地点点头,拍了拍正赫的肩膀,好像在为他加油。美仁想把那些对盛民抱有愧疚的夜晚通通从记忆中删除。

"你们这是在干什么!"美仁威严地喊道。

"看不出来吗。"正赫回答。

"这件事已经了结了。李正赫先生可是同意了的呀。"

"是同意了，但是真的要出去了，就觉得冤枉。"正赫答道，提高了些许音量。

"我问了每一位单身之家的居民。是不是他们举报了我。但是没有一个人说是。既然没人举报，您是怎么知道我在谈恋爱的？"

"那有可能有人在撒谎啊。本来举报者的隐私就是要被彻底保护的。"

"怎么可能。来这里的人都是想自己过而进来的，干吗要掺和别人的事情？"盛民替正赫说道。"这个男人要把我逼疯了。"美仁的头又开始痛了。

"所以我仔细想了一下，是怎么知道的呢？然后调查了一下。口口声声说是为了安全而安装的那些摄像头，是不是由郑美仁女士一一监视的？"

"呦呵。"盛民在旁边煽风点火。

"那个真的是为了安全……"

"我谈个恋爱怎么就危险了！"正赫振臂高呼。

美仁眼前一片漆黑。突然之间，真的什么都看不见了。

"请回答！"她不是没有话回答咄咄逼人的正赫的。"是派对那天看到的，用我的双眼看到你们二人甜蜜的告别之吻的。"还没等她说出口，美仁就倒在了冰凉的地板上。

Chapter Twenty-Five · · · · · · · · 牵了手，就不要拱手让人

—

"不要再放开他，
拱手相让于其他人了。
不要牺牲自己。
只需要考虑你自己，
做你自己想做的。
你可以这样做。"

"我就是不知道我想做什么。"

贤雅用手掌蒙住了被眼泪打湿的脸，
将头埋到了膝盖上。
小颖只是默默地抚摸着贤雅的后背。

—

机器发出不祥的声音。护士在忙碌地奔走，摁着按钮。盛民不由得直跺脚。到底怎么样了？站在盛民旁边的建宇倒是冷静，正抓着护士和医生，作为监护人问这问那。重症室，只允许两个人进来的地方，他耍赖般跟着建宇走了进来，然而他切实感受到自己和美仁是"毫无关系"的人。

"应急治疗很顺利。但是目前白血球指数偏低，炎症指数偏高，所以需要在重症室再观察几天。"

重症室里是一副煞风景的景象。虽然有人、有椅子、有储物柜，电视声音也很嘈杂，但又好像空无一物一样，空荡荡的。单身之家的居民们聚集在候诊室门口，听着建宇的说明。正赫都没有想起要把头上系着的布条摘下来。贤雅和小颖紧握着彼此的手。润成不由自主地站到了贤雅的旁边，然后又移到了盛民的旁边。盛民焦虑地把手张开，又合上。不用摸都知道，上面都是冷汗。

"我会一直在这里的，大家请回吧。感谢大家能过来。"

听到建宇庄重的致谢，大家仍然在迟疑不决。润成悄悄拉了拉盛民的胳膊。"该回去了。"盛民一副受挫的样子。他接二连三地向建宇低头，嘴里说着对不起。"不是因为您。"建宇反复说明道。润成用另一只手拍拍正赫，转过身来。身后站着贤雅和小颖。他想回头，但没回。

建宇用手擦了擦脸。到了九点钟，坐在重症室的监护人一个个地起了身，开始把椅子拼到了一起。个个都利利索索、驾轻就熟。从储物柜里拿出席子和睡袋的人好像约好的一样均等地利用着空间。是在这里度过了多少个夜晚，才能变得那么娴熟呢。白天和访客低声聊天，偶尔掉眼泪的人随着夜色的加深，个个都变得面无表情。为了明天的等待而早早闭上眼睛的人当中并没有建宇的位置。建宇走到楼道里，坐到空着的移动床上，埋下了头。

"多少睡一会儿吧。"

一抬头，看到了小颖站在面前。建宇以为是梦，眨了眨眼睛。小颖在建宇的旁边坐下。

"没有什么我能做的。"仿佛在梦中。建宇希冀得到片刻的安宁。

"怎么没有。你守候在这里，就是你该做的。"

"我害怕。但是不想说出口。怕真的发生什么。"

"嗯。"小颖只是安静地听他说。

"说姑姑得的是癌症。已经做了两次抗癌治疗。我究竟对姑姑做了些什么？"

"对彼此做出不该做的事情，这就是家人。"

好一个小颖。非但不好言相劝，还泼了一瓢冷水。当人在极度痛苦时，这个办法反而更奏效。

"如果姑姑也离我而去，我会崩溃的。"

"有可能会，也有可能不会。不要透支恐惧了，我们静静祈祷和等待吧。"

建宇看向了小颖。平静的脸上透露着悲伤。等姑姑醒来，有好多话要说。要追查一下比他还要惊慌失措的、四处奔走的盛民和姑姑的关系，也要坦诚地聊一聊自己对小颖的感情。

"因此姑姑，你一定要醒过来。"建宇倚着小颖纤细的肩膀，脑子一沉就睡着了。

小颖走出医院时已是凌晨。一直挺着的腰比建宇倚着的肩膀还要酸。但是有种轻松的感觉。和建宇的关系不知是真的结束了，还是重新开始了。不管怎样，能在他需要她的时刻守在他的身边是值得庆幸的事，小颖想道。虽然建宇还小，但是这孩子懂得接受别人的帮助。

在她刚要打车的时候，一辆轿车向她驶来。陌生的车门打开了，一个既熟悉又陌生的脸看着小颖。那是润成。

"那小子怎么样了？"沉默地开了许久后，润成开口问道。

"还能怎样。医院不就是那种地方吗，离死亡很近，生命又很强烈，所以让人疲惫。"

"你自己去的吗？"

润成的话让小颖沉默了一会儿。无论是他还是小颖都知道，这个问题指的不是今天的事。

"和朋友。"

"撒谎。"

润成平静地说。他没有发火。他好似叹气般一直目视着前方说道。他的眼睛在看着什么，小颖无从知道。

"为什么撒了谎。不是说你自己打掉的吗。"

虽然声音无比平静，但他的眉毛一直在颤抖。长长的睫毛开始不停地忽闪忽闪。好似十五年前，在烈日下不停地闪动一样。

"那有什么重要的。"

"很重要！"润成喊道。抓着方向盘的手在微微颤抖。

"你已经在充分地自责了。我还能说什么？说太万幸了？自己就没了，真是感激不尽？"

"是的……不管是你弄没的也好，还是神的旨意也罢，我是卑鄙的傻瓜白痴这一点也许不会变。但是，我仍然应该知道到底发生了什么事。我不该把你一个人丢下不顾，让你自己去承担这一切。"

　　"事实上你不是就是这么想的吗？"

　　"嘎吱——"润成一脚踩了刹车。小颖的身子随之一晃。有种奇特的回到过去的感觉。她猛地回想起了突然感到剧痛的那一天。还有为了取出尚未从身体里完全排出的物体而做了手术后，从医院走出来时的心情。从那一天开始，小颖以拒绝幸福的罪人的心态活到了现在。

　　"不是。"

　　润成直视着小颖说道。小颖也直勾勾地看向了他。那个小颖曾经爱过的额头皱了起来，她曾经爱过的眼角边已经爬上了细细的皱纹。她曾经爱过的鼻子和嘴唇。这分明是一张她诅咒了无数次的脸，然而再重新面对这张脸时，却只有她爱过的回忆。心，变得很痛，很痛。

　　"我不是想那么做，只是不知所措罢了。"

　　"我知道。"

　　"不，你不知道。那天，我出了车祸。做了三次手术，在医院躺了六个月。"

　　"……这个我不知道。"

　　"当我清醒过来后去找你，你已经不在了。"

　　"我也在找你。在哪儿都找不到。我以为是你先消失了。"

　　"是我不对。一开始就该问你的。我应该想到你会是什么感受。"

　　"我也是。因为心急，只是抱怨你。我也不知道自己想从你那里得到什么，只是一味地对你失望。"

　　一片沉默。失之毫厘，谬以千里。十五年岁月的造化。

　　"对不起。"

　　从润成的眼中落下了眼泪。车窗外旭日初升。久违的蓝天。积雪融化了，露出了脏乱的街道。不是雪变脏了，而是该露面的东西露出了真相罢了，小颖想道。

　　"不管怎样，谢谢你能这么说。"

　　"我一直觉得对不起你。"润成反复地说。

　　"我也一样。"小颖回答。她的眼睛也发红了。

　　无需更多语言。在回单身之家的路上，小颖安稳地睡着了，润成小心翼翼地开着车。虽然已经不是恋人的心，但不可名状的温暖充满了他的肺腑。到了贤雅家门口，小颖下了车。没有更多的对话，也没有告别的对视，二人就那么自然而然地分开了。看着小颖打开玄关门走进去，润成独自说道：

　　"一。"

———

　　悄悄开门进屋的小颖怔了一下。拉下百叶窗的客厅一片漆黑。贤雅蜷缩成一团，蹲在里面。那是曾经和润成促膝而坐的同一个地方，同样的姿势。

　　"还没睡？"

　　小颖问道，但贤雅没有看她。只是低着头，抱着膝，呆呆地坐在那里。

　　"和大叔和解了吗？"

小颖没有回答，缓缓地倒了水喝。贤雅也没有催她回答。总有一些问题，让人既不想听到肯定的回答，也不想听到否定的回答。

"是你派他过来的吧？"小颖倒了一杯热水，递给贤雅。贤雅摇了摇头。

"我觉得应该那样做。姐姐和大叔肯定有很多需要聊开的东西。我在你们之后。"

贤雅鼻头发酸。在这些天里，贤雅一直在想润成和小颖的命运，也在想十五年后他们会再会的理由。是不是整个宇宙万物都在促成他们和解，她甚至这样想。

"如果两个人和好了，那我会怎样？"

爱得晚了也是一种罪过。如果润成和小颖破镜重圆，那贤雅又该置身何处呢？

"你怎么在我们之后？不是的，贤雅。"

小颖在贤雅的身旁坐下，是润成坐过的地方。贤雅不由得用手掌扫了扫地面。

"我们没有多说，只是……"

小颖闪烁其词。为了在越变越小的小颖的声音中找到隐藏的词语，贤雅绷紧了神经。

"我们只是承认了当年愚蠢的彼此，然后就结束了。"

能感觉到全身竖起的汗毛一齐倒了下来。结束了，这个短短的词语居然有如此的分量，贤雅之前还不知道。心口发闷，好像心中挂起了一个沉重的坠子。

"贤雅。"

"我不知道。姐姐，对不起。"

"这不是需要你道歉的事。你怎么了？"

"知道。我知道，但是还是会有那种感觉，怎么办？我的内心一天要无数次地打架。我还期待什么呢。当我知道了大叔就是姐姐的卑鄙男的瞬间，一切都结束了。不，这已经是过去的往事，为什么要在意它，我觉得委屈……我不懂。姐姐，真的。是该等待姐姐和大叔的决定，还是需要我去做什么，我真的不懂。"

　　"不需要做任何决定。你不用管。已经是十多年前的事了。他已经不是当初的那个润成了。"

　　贤雅抬起了脑袋，泪流满面。

　　"只要听到姐姐亲昵地说出润成这个名字，我的心都会痛。"

　　"贤雅。"

　　贤雅爱得如此之深，让小颖很是惊讶。这个情形不需要谁对谁有负罪感，也不需要谁向谁道歉。与此同时，这个情形也的确不能让任何人心安理得。三个人仿佛走在莫比乌斯带 ❶ 上。虽然一直在前进，为此而挣扎，但终究还是在看着彼此原地踏步。原地。三个人的原地是哪里呢。小颖拉住了贤雅的手。

　　"不要再放开他，拱手相让于其他人了。不要牺牲自己。

---

❶　德国数学家莫比乌斯和约翰·李斯丁于 1858 年发现：把一根纸条扭转 180° 后，两头再接起来做成的纸带圈，具有魔术般的性质。普通纸带具有两个面，可以涂成不同的颜色；而这样的纸带只有一个曲面，一只小虫可以爬遍整个曲面而不必跨过它的边缘。这种纸带被称为"莫比乌斯带"。

只需要考虑你自己，做你自己想做的。你可以这样做。"

"我就是不知道我想做什么。我和大叔见面，会对姐姐有亏欠的感觉，相反，一想到姐姐是大叔的旧爱，这也让我很难受。"

贤雅吃力地继续着。为了攀登望不到尽头的莫比乌斯的台阶，她已精疲力竭。小颖沉默着。

"他现在也是一样地感到害怕和混乱吧，和我一样。"

贤雅用手掌蒙住了被眼泪打湿的脸，将头埋到了膝盖上。小颖只是默默地抚摸着贤雅的后背。

Chapter Twenty-Six‥‥‥‥‥‥爱是天时地利的执迷

—

人们都说爱情或相遇是时机的问题。

贤雅和润成的相遇就是最好的证明。

因此润成决定等待。

如果一直望着同一个方向坚定地站着，
那么一旦那个人回过头来，
那个瞬间就会变成命运的时机。

—

　　美仁恢复得很快。"首先要保存体力，然后再进行抗癌治疗。如果放疗能见效的话就不用动刀。"医生的话给了她一线曙光。在病房里，美仁是最有劲头的患者。当她能下床走动后，她开始和其他患者以及监护人聊这聊那，一天的时间都不够用。她想为癌症患者建立一个专门的疗养院，却在起草规划书的时候被建宇发现了，笔记本电脑和纸笔都被抢了去，使得她很是懊恼。

　　和煦的春天悄然而至。润成脱下了厚厚的羽绒服，披上轻便的开衫或冲锋衣出去散步。主要是走和贤雅一起走过的路。积雪融化了，和她一起留下的脚印早已消失，然而润成还是坚持走那条路。散步回来的润成回到屋里给自己泡了咖啡，坐到落地窗前喝咖啡是散步计划的最后一项。落地窗上贴着贤雅画的小毛驴。润成喝着咖啡，出神地凝视着她的字、她的画。

　　贤雅搬走了。所有居民都劝她说没关系，她可以和小颖一起住，然而她却莞尔一笑，离开了单身之家。贤雅离开的前一天，润成与她在树林中相会。

"雪开始化了，我们留下的脚印也要没了。"贤雅笑着说。

"路是不会没的。"润成回答。他并非想笑的心情。

"好好珍藏我画的小毛驴吧。等我出名了，它就价值连城了。"

"我不喜欢白石，他太懦弱了。"

"看来我和大叔就是不合。怎么说呢，大叔就是我不幸的代言人。"贤雅到最后都在开玩笑。

"不喜欢白石，但是喜欢你。"

"喜欢你。""喜欢你。"……润成的声音回荡在空气中。为什么偏偏是在这种时候听到了最想听到的表白。贤雅紧紧咬住了嘴唇。

"所以我们……"

"不可以。"贤雅打断了他的话，润成怔住了。本来想从兜里掏出来的戒指盒就那样停留在了手指缝里。

"什么？"

"不可以。"

"对呀，什么不可以？加上主语。"

贤雅转动着眼眸，好像在寻找恰当的词语，润成只有干着急。他原本打算无论贤雅做出任何决定，他都要回答"我们在一起吧"。

"是因为小颖吗？"

"有这个原因。但这不是全部。姐姐也说不要把她放在心上。"

"那是为什么？"

"大叔记得对我说过的话吗？"

润成回想道。说过住手、别来烦我、你没事吧、想走走吗、亲我一口……还有什么呢？

"您说过独身不是打扰别人而是自立。"

当润成回忆起自己说的话并后悔莫及的时候，贤雅继续说道：

　　"我要变成真正潇洒的单身，一个独立自主的人。不是给别人添麻烦，而是能够互相帮助的成熟的独身。我要自食其力，在用我自己的努力经营起来的家里一个人生活。"

　　"独身指的是没有结婚的状态，而不是谈不谈恋爱的意思啊。"

　　贤雅被润成的回答乐得扑哧一笑。

　　"哇，大叔是剽窃作家呀。那不是六号正赫哥说过的话吗。当时您还说什么烦人啊、闹心啊的各种不淡定来着！"

　　润成的脸刷地红了。人难免会遇到这种自我矛盾。爱情这东西，比老虎还要可怕。但是怎么办，已经陷得无法自拔了。

　　然而润成知道，这次他真的应该慢慢地数上十个数。不是为了分离，而是为了她的人生。

　　人们都说爱情或相遇是时机的问题。贤雅和润成也是在同一个时期来到了单身之家才会不打不相识，所以这句话是有它的道理的。因此润成决定等待。如果一直望着同一个方向坚定地站着，那么一旦那个人回过头来，那个瞬间就会变成命运的时机。润成抚平了那个因为暴风雪而总是卷起边来的小毛驴的尾巴，会心一笑。

尾 声

张明福正在喝第二杯凉透的咖啡。贤雅正默默地在明福的身边读着稿子。明福一直在偷看贤雅一目十行的眼眸，还有那一会儿笑、一会儿吃惊、一会儿又发出赞叹的嘴唇。他不由觉得口渴而喝起了冰水，导致有点尿急，但是贤雅已经读到最后一章了。张明福跷起了二郎腿。贤雅把稿子合上了。

"张主编，这稿子不会是程润作家的吧？"

明福吓了一大跳，更用力地夹着腿。

"你说什么呢，程润作家不是发表绝笔宣言了吗。"

"坊间传闻说他换了个笔名，仍然在写作呀。"

"胡说，程润和我们早就解约了，这是另一位新晋作家的稿子。文体和内容都完全不一样。"

"奇了怪了，明明是程润作家的感觉……"

"主人公是小女孩，还有名字。这不就完了吗。怎么样？作品不错吧，你会负责插画的吧？"

明福急忙转移话题。上一次贤雅与程润的合作可谓大获成功。二人的事业拓展到了动画和形象塑造的领域。程润的童话本是一绝，而插画家贤雅的手法也在业界得到了肯定。当二人被各种媒体盛赞为完美搭档的时候，程润宣布封笔。贤雅出乎意料地平静接受了他的隐退。"也许和这个狗作家的缘分就此结束是个好事。"她若无其事地说。

好一个神机妙算的姜贤雅，最后还是接下了盐怪，现在都成了程润专业户了。张明福喝光了剩下的咖啡。

　　"这不，我还想见见作家呢，已经联系好了。"

　　贤雅笑容可掬地说道。

　　"什么？那是什么话，今天不是说只看原稿吗？"

　　"怎么说我也是当红的插画家，总要见一面合作作家，和人家打个招呼吧。对了，我从现在起有新的工作原则了。必须要和作家本人当面认识，否则不接任何插画。"

　　"嗨，如果有那种想法，应该提前和我说啊。"还没等说完，明福就刷地站了起来。

　　"总之，我先去趟洗手间之后再聊啊，姜画家！"

　　当明福急忙跑向洗手间后，贤雅再次拿起原稿翻了翻。听说是新晋作家，他的文笔流畅又美丽。童话讲的是一个叫"琼斯丽"的小女孩为了入睡而经历的各种冒险。然而很奇妙的是，从这个形象的身上能找到程润笔下的怪物的影子。本以为这种愉快又让人揪心、暖心又让人伤感的童话只有程润才能写出来，看来不是这样的。看着作品，就更想知道作家是什么样的人了。

当她这样想的时候，叮当。响起了门铃声。以为是明福回来的贤雅无心地抬起了头，随即笑逐颜开。目光的那头站着同样笑容满面的润成。

原来是大叔？

——嗯。

程润也是大叔吧？

——嗯。

听说是个罗锅。

——让你失望了？

什么时候知道是我的？

——看到小毛驴以后。尾巴上蝴蝶结的细节绝对是姜贤雅出品的。

真矫情。我提出见面的时候还装蒜。

——开心吧？

不，一点也不！

——装什么装。

那边怎么样，大家都好吗？

——乱了套了。不是单身之家，而是双双之家。高盛民先生最抢眼了。

哈哈，一猜就是。

——你怎么样，变身潇洒单身了吗？

我也不清楚。

——下次我来给你打分。等打到100分的时候我就给你和我约会的殊荣。

搞笑呢！

——那种小孩子气的口气扣10分。作为补偿，一次拥抱给你加到110分。

真任性！

——过来，抱抱。